飞鸟翅膀上抖落的星星

第二届南方诗歌节作品选

木汀 冯雷◎主编

光明日报出版社

图书在版编目（CIP）数据

飞鸟翅膀上抖落的星星：第二届南方诗歌节作品选 / 木汀, 冯雷主编. -- 北京：光明日报出版社，2023.1

ISBN 978-7-5194-7025-8

Ⅰ.①飞… Ⅱ.①木… ②冯… Ⅲ.①诗集－中国－当代 Ⅳ.①I227

中国版本图书馆CIP数据核字（2022）第248535号

飞鸟翅膀上抖落的星星——第二届南方诗歌节作品选

FEI NIAO CHIBANG SHANG DOU LUO DE XINGXING
——DI-ER JIE NANFANG SHIGE JIE ZUOPIN XUAN

主　编：木　汀　冯　雷

责任编辑：谢　香　徐　蔚　　　　　责任校对：傅泉泽
封面设计：李尘工作室　　　　　　　责任印制：曹　净

出版发行：光明日报出版社
地　　址：北京市西城区永安路106号，100050
电　　话：010-63169890（咨询），010-63131930（邮购）
传　　真：010-63131930
网　　址：http://book.gmw.cn
E - mail：gmrbcbs@gmw.cn
法律顾问：北京兰台律师事务所龚柳方律师

印　　刷：北京天恒嘉业印刷有限公司
装　　订：北京天恒嘉业印刷有限公司
本书如有破损、缺页、装订错误，请与本社联系调换，电话：010-63131930

开　　本：152mm×230mm
字　　数：280千字　　　　　　　　印　　张：19
版　　次：2023年1月第1版　　　　印　　次：2023年1月第1次印刷
书　　号：ISBN 978-7-5194-7025-8

定　　价：48.00元

序

刘向东

第二届"南方诗歌节"作品集编就，嘱我写序，欣然命笔。

"南方诗歌节"是由中国诗歌学会、北京大学中国诗歌研究院、广东省德庆县人民政府联合主办的大型诗歌活动，由中共德庆县委宣传部和德庆县文化广电旅游体育局承办，其中一项重要的内容，是以"龙母故乡，诗萃德庆"为主题，面向中外征集原创汉语主题诗歌，得到各地诗人热烈响应，收获不小。

德庆，皇家"崇德致庆"之地，龙母祖庭，有着深厚的龙母文化、孔文化、"德"文化底蕴和秀丽的自然风光，诗人对此心领神会，且歌且赋，为德庆竖碑，为龙母立传，张扬母性光华，呈现爱的图腾，深化钟灵毓秀，从德庆的具体到诗的具体，从德庆现场到诗的现场，给我留下深刻印象。本来，在征稿之初，我曾为主题过于集中而担忧，深怕"类聚化"，影响来稿的丰富性和诗性，待读过这部诗集，才知我的担忧是多余的，体会到创办这个诗歌节的初心和诗人的会心、慧心，体会到此类活动的影响力和绝对必要性。

具体的诗篇，恕我不一一介绍和评价，留给德庆丰富文化积累、提升文化自信，也留待读者见仁见智。

我想结合这部诗集，说说我对此类主题诗文写作的小感受。

写作要有自己的根据地，这是共识。

好诗人也要有根据地，或者说好诗是有其原产地的。每一个诗人都有一个精神的来源地，一个承载或埋藏记忆的地方，比如故乡。

这个地方，就是精神原产地，或叫精神原乡。所以这个地方不仅是指地理意义上的，也是指精神意义或经验意义上的。但凡好的写作，总有一个精神扎根的地方。所以在很多大诗人笔下，总有一个地方，是他一直在书写的，是他一生念念不忘的。

但是也不得不追加一句。扎根固然重要，但有时也是一种局限，真正伟大的诗人都有读万卷书、行万里路的追求，都具备入乎其内出乎其外的素质，既能写出邮票大小的地域色彩，又能仰望星空，神驰八荒，在更广阔的空间自由飞翔。更广阔空间和自由能力是伴随诗人阅读、行走和写作实践、精神成长一起获得的。

据我所知，为了写德庆，写好德庆，许多诗人深入德庆，对德庆进行研究、感悟，对诸多诗人来说，德庆成了新的根据地，成了念念不忘的地方，另一个精神原乡。

这一点，是德庆之幸，也是诗人之幸，本集之幸。

我注意到，本集大多数作品写到德庆，而写德庆的诗人，大多在场。

说到诗人的在场，起码可以用诗人所处的三种现场进行判断。第一，是"我"在第一现场，这种诗作有亲历性，体现的是一种自我叙述，带有浓烈的感性色彩；第二种，是"我"在第二现场，这种诗作主要借用他人已有的知识，"我"虽然在现场，但这种现场具有一定的虚拟性，其作品体现的是理性色彩；第三种，是"我"在第三现场，这种作品是将"我"放在第三方，把第一现场、第二现场已有的东西看作是一假定的静物，由"我"进行重新审视和解读，这种作品既是感性的，也是理性的，如果写作者没有超出常人的识见很难完成。

说到在场，我们常常还会有这样的感觉，我们写诗写文章，一开始设计了情节、走向，可是写着写着就写活了，贴着人物、事物走，摽着语言走，诗文朝自己要去的方向去了，不但偏离了我们原来的设计，还有可能推翻我们原来的设计。这是来到了另一个现场，也就是说，我们从生活现场，抵达了文学现场，有了新的性格逻辑，达成新的命名。这是正常的，也是非常好的写作状况。一来顺其自然，二来避免了"自以为义"。

为写作对象和诗人在场提供依据和保证的，是物质基础和诗人感官的调动。物质基础，是事物，也是事物的纹理，也是俗世生活，也是细节和点点滴滴。真正的写作，必须对所描绘的生活有专门的研究，通过研究、调查和论证，下笨功夫，死功夫，建立起关于这些生活的基本常识。

还有感官，也是写作现场不可或缺的。诗人必须把眼睛、耳朵、鼻子、舌头都调动起来。进入写作时，他的感官是全部打开的，那一刻，诗人是一个非常敏感的人。所谓一滴水里可以看到一个大海，有时，一个细节可以看到一个诗人的家底。实证带来信任。我们当下许多诗文之所以假，除了精神造假，就是细节造假，实为假诗文。还有死诗文，就是没有细密、严实的物质外壳，胡编乱造。

说来说去，写作要和自我建立关系，这是一切写作的出发点，也是归宿。一种诗歌写作的质量如何，终归是诗人自我的真实呈现程度。也就是说，文字的背后要有人，要有真实的心，要有精神的状态与超越。但这个自我，同样需要诗人去发现，只有"我"这个"个人"被发现了，写作才能说自己的话，才能说出自己独到的感受。

很显然，写作者的"身份"见证甚至决定了内容的意义。同样的个人经验，因为不同现实的折射和不同身份的验证，将发生截然不同的含义。

这些小感受，在我读过《飞鸟翅膀上抖落的星星》，进一步加深了。

当然，透过这部诗集，也加深了我对举办"南方诗歌节"意义的理解。这才是第二届，就有了这么多这么好的成果，我们坚持进行下去，效果会怎样呢？出现崔颢、王之涣、范仲淹笔下那样的诗萃，也说不定。

期待着。

是为序。

2022 年 11 月 21 日

目 录

在德庆

颂龙母

人间冷暖

南方笔记

在德庆

在德庆，在龙母祖庙——献给普天下母亲

□ 包玉平（达尔罕夫）

我的母亲，在北方。
昨夜，母亲却已独自移居于此。
而我，也早已客居在
这阳光和泪水易于泛滥的南方。

在德庆悦城镇水口，我以
龙子龙孙的名义
寻根问祖，与龙母祖庙龙母寝宫前的
一块有裂缝的石头将轻轻擦肩而过，
然而，我突然情不自禁地
停下脚步，
——顿然，泪流满面。

我久久独自将自己钉在
原地，与那一块并排沉默不语的石头，
一动不动：

回头仰望，龙母祖庙挑起苍穹的屋檐，
——哦，我似乎遇见了从未遇见的
世间难得一见的亮光。

旭日，在远天不断地
在摇晃，闪烁，天空更加邈远并眩晕。
世间静好。我俯身弯腰，抚摸那
一块石头的寂静，在此我想要一个我母亲曾讲述过的
多年前的

古老传说，而或许不能：

——我向石头的古老与沧桑
许久许久凝视，但只目睹到唐玄奘去
西天取经的痕迹，却未能发现金毛猴子在石头
裂缝里的，尖叫和踪迹。

我蓦然回头
跪倒在这
一座"太阳神"的屋檐下，跪倒在
一只巨大的摇篮旁，跪倒在一种比天大的
圣母娲皇的光环下——

此刻，从远处
西江北岸，珠山下隐约传来
——偏离航道的船只
的汽笛，夹杂着婴儿揪心的哭闹
和母亲失声的呼唤：

远离故土，骨肉分离，
这是一把刀子与柔软的血脉，轻轻交叉的
苦痛与悲伤——

在德庆，流水用超大的肺活量喊出繁茂的春天

□ 蔡秀花

一

在德庆，适合高声演讲
更适合低调吟诵。是的，这里的每一寸
土地，生活着两千多年的青铜文化
你看聚一起的鸟鸣水声，被夕阳一把点燃
那些走散的歌声是构造诗情的原材料
我知道的盘龙峡，早已被轻柔的流水
真理一般写进教科书，我知道
口述的情感冒着热气，册封的万水千山
在这里终将被重用

二

站在岸边朗诵生活的香樟树，内容已被掏空
一只吟诵时光的口琴，奏唱流线型的韵律
在西江走廊，人物在水中变形
穿着短裙的水鸟，用柔软的唇语表达爱情
中文系毕业的水草，早已丢掉有炎症的词根
这次它要描写的，是一条母性的大江
一个繁茂的春天

三

读到金林水乡，不自觉地语速轻盈
是的，一个含水的名字

适合用爱的导管，输入一些光阴的词汇
我知道一些城南往事，适合泡养在水里
漂浮在溪面上的汉字，打乱了又重组
它们代表权威微服出巡，调用一个旨意
你看受命起飞的象声词，叠音词
将理论运用到实际当中：既然美，就大美
如果爱，请深爱

四

人生短浅，而我深爱的太多
比如龙母诞期的一盏
没有说明书的平安灯，涵盖着
人世的喜怒哀乐。面对龙母庙
我虔诚地交出自己的生辰八字，是啊
缭绕的烟雾会让生命的塔台更加坚固
尚未长熟的夕阳，将自己散在石阶上
清凉的瓦檐，都有了金黄晶体状的姓氏
我知道，面对自己巨大的信仰
内心的大河，才会被重新激活

五

在德庆孔庙，谜语般的烟雾
在谦卑的孔子像面前举办开笔礼
杯中盛着万家灯火，壶里泡着山重水隔
超凡脱俗的大成殿，析出神的旨意
是的，在这座南方诗歌小镇
我要学会，以江流的身份
用时光的滤网淘洗出
内心岩层彻底明亮的梵音
我知道，屏蔽的知识大门尚需

输入梦的密码，而豢养许久的春色
存放江水的经书，相互融汇
此刻，孔庙的北面
适合一个人，在风中
清扫内心的枯枝败叶

六

时光的翅膀拍打着盘龙峡，这个黄昏就要
闭门谢客了。但坐月子的淤泥
不敢辜负这大好山河。是的，在德庆
一首山歌，一再反复唱出必需的纯度
那些三面环山的句子，有着水墨的基因
分行排列的代词和冠词，在开拓诗意的疆土
我承认。一场夏风用超大的肺活量
在描绘爱的心电图。低于尘埃的水的乳名
正参与一场浩大的地壳运动
此时，流水的弦突然崩断
不远处，一只受惊的白鹭
仿佛是，刚提炼出的一个新词

七

向一株柑橘树打探水的流向，我承认
没有谁比它更渊博了。从原路返回的
感叹号，组成一篇新的文学报告
是的，德庆的美与爱总是要多强调几遍
一条江，就是一段起承转合的暗语
一条河，承载太多悬赏已久的离愁别绪
我要说的是，人到中年
总喜欢谈到孩子与河流，喜欢把遗失的时光
编辑成信息，给未来发微信

八

如果河流是无穷的，那么悦城河
带来更大的辽阔。你看那些
甜蜜的潮汐，是无法勾兑的年华
农家老妇门口的那一汪春水
就是我用之不竭的诗歌意象
首先要提到的是，接受义务教育的鱼群
是善良的，那些读破万卷书
行了万里路的少年
钟爱有水的日子，我们可以解释为
水是孕育梦想的地方

九

在马圩河边，刚解渴的记忆
在打盹，发愣，打坐，它们不敢轻易动用
德庆这个汹涌的地名，是的
在生活这座大山前面要有足够的耐心
无数次的闪电刀劈，会让你更加陡峭
这么多年，时光的推土机在逼近
命运的河床加急变道，踩了离合的流水
将自己逼到了郊外
这多么像，一首诗的尽头
是一首诗的开始

在德庆，那些有关龙母的故事诗化了生活

□ 北友（胡庆军）

关于龙母，一个一个动人的传说都隐在秀丽的自然风光里了
通过民间世代的流传，龙母的故事铸造了人们心目中的一个偶像
岁月深处，文字从来没有陈旧过
真实或者虚无的记载酿成了一种民间信仰

这里是广东省中部偏西、西江中游北岸的德庆
这里是取"颂其以德致庆"之意的德庆
在西江走廊之中，这座小城演绎了日子的通畅
那些有关龙母的故事诗化了生活

龙母文化，是"龙的传人"对"母爱"主题的真情抒写
是西江水域"保护神"的赞歌。龙母
是真人的化身，又是神化了的人
日子之上覆盖了水文化和本根文化意识

龙母的形象、龙母的传说、龙母的精神
尊崇龙母的民间信仰和纪念龙母的民间祭祀仪式胶合在一起
沉淀了中华水文化，刻进一种博爱、一种信善、一种孝忠
驻足聆听，诵经的声音从远古传来一阵阵飘过我的心头

在德庆县西江岸边的悦城镇，那座龙母庙
坐落在历史深处，敞开的大门诉说无数的沧桑
此刻我把自己的灵与魂交付时空，却丝毫不能参透
弥散进空气中的佛香，救赎我浅浅的凝望

我把一种文化的图腾幻化为最纯净的血液注入胸膛

然后微闭着双眼，双手合十
那一刻周围游客的喧嚣热闹越来越远
我仿佛听到了天外的呼唤

龙母庙始建于秦汉，从东晋以后
史书杂说，碑记庙志，前临西江后靠雄竣的五龙山
班班可考，经历两千年
是全国最古老的庙宇之一，以神、绝、巧、灵著称于世

正午的阳光照耀在那些唯美的石雕、砖雕、木雕、陶雕
那些传承镶嵌进精湛的技艺，让一座庙给你某些深远的联想
那些故事容纳了沧桑，目光尽头是先民生活的足迹
一些触手可及的民俗与世情，在那一砖一瓦里

龙母祖庙牌坊、大殿、龙母祖庙殿、碑亭、程溪书院
如同光阴数千年如一日踱出的方步，让日子慢悠悠且光彩夺目
如果愿意，我可以让一些斑驳的阴影忽明忽暗地洒在身上
然后眯着眼睛，慵懒地行走，用旁观者的眼光打量这里一切

在思绪中臆想着这里曾经发生的故事，让记忆抚摸时光深处的脚印
把一种远去的繁盛衍生并通过一种艺术延伸到现在
穿过日子，苍老了容颜。那些讲述风一样抚过伤痛
敲一敲廊柱下的石基，能听见千年的回响

在德庆，龙母文化诗化了所有语言
那细微的变迁早已被生命的尘土掩没
带着风尘漂泊的艰辛，沧桑与苍凉浸染了一道道古典的风景
轻轻挥挥手，便能触摸到历史坚硬的骨骼

你看，在深深的庭院里
那些残片停留在岁月深处，满覆时光的履痕
思维越过悠长的午后，把一些生机藏匿于龙母庙的每一个角落

也能把历史的朝向引渡成一种生活中的习惯，让远古的意趣纠结在
古典气息的光芒里

视线里的一砖一瓦，会触及灵魂最深处的柔软和幽古的恬静
听任芳草斜阳，然后用唯美与感伤将茬苒岁月怀揣成一种期盼和过往
抚摸，如同打开一册册沉重的史书，
在目光不能企及的地方燃烧，那些神秘支撑了吹响的号角

那一束斜斜的阳光，就把我们残存的凝望闪烁在泪痕里了
那些凝固的光阴让人沉思。沉思之后去掉浮躁、虚华
然后和泥土拥抱，那些线刻串起渐渐淡去的流年
让心穿梭在漫长时光隧道，任一些被记忆剪碎的旧事

沉湎于一种情绪，那些温存也恰到好处
这布满沧桑的临夏砖雕，需要用什么样的语言去形容
那些已然远去岁月，在光阴的折角处
隐藏成一个传说，洗净历史沉积在废墟上的尘埃

谁呼喊一声，飘过我的心头
仿佛是一阵凉风，让我感到清爽和凝重
在龙母像前，祈祷一番心愿
如果愿意，可以念一句：国泰民安

在德庆，我是一只鸟儿（组诗）

□ 杨祥军

春天跌落在南方

究竟是什么原因？鼓动的风
扯下一片羽毛。再扯动一只翅膀
世界在一瞬间失去平衡
南岭之南的土地，睁开湿润的眼睛
目睹了事故的发生
领头雁，回头望跌落的羽毛
没有停止飞行
它有更宏大的使命
而掉下来的羽毛
在空中，被温热的气流拥抱
白色的绒毛，飘落到梨树上
绽放满树洁白的花
金色的绒毛，落到山间田野
织就大片大片油菜花田
红色的绒毛，被木棉树接住
一朵又一朵火红的英雄花
剩下的羽毛骨骼
直直落到西江，在平缓的水面
惊起鸭鸣声阵阵
原来是一片春天
跌落下来，砸醒了古老的土地
龙母祖庙也睁开眼睛
她要为新生儿拟写祷词
鸟儿们叽叽喳喳

争相朗诵，美的赞歌
啊，究竟是什么原因
让跌落下来的春天
立刻在南粤大地扎根
并且蓬勃生发，孕育出大美的诗

古树上长满赞美的词

我至今不知道
鸟儿会散发花的清香
花朵会像鸟儿一样鸣唱
在西江岸边的山林里
春雨初歇，我在古树下小憩
一群长尾鸟从头顶飞过
当我正惊叹羽毛的艳丽
一阵醉人的花香
差点让我窒息
更惊奇的是
古树的枝丫上攀缘的古藤
竟倒挂着无数的鸟儿
乳白色的，淡绿色的，柠檬黄的，橙红色的
簇拥着，紧紧叮着树藤
一簇簇，像盛开的花朵
叽叽声不绝于耳
这就是花朵啊，是南粤的禾雀花
鸟儿一样美丽的花朵
花朵一样活泼的鸟儿
一时间，我分不清到底是鸟
还是花；或者哪些是花，哪些是鸟
只觉得这就是绚丽的赞美词语
长在古树上
此刻，我也是一只鸟儿

不知道该走
还是留

西江弹奏舒缓的旋律

江水流到德庆
放缓了脚步
它知道龙母祖庙在前
需虔诚祷告
它也知道大海不远
更要平静心情
它是一位远足的孩子
乌蒙山的野性
在跨山越岭的漫漫征途中
磨炼得坚强且沉静
在南盘江，它会弹奏激越的琵琶曲
抒发征程的豪情
在红水河，它会奏一曲婉转小夜曲
诉说乡愁与爱恋
如今到了德庆
它弹奏起舒缓的旋律
是啊，这片美丽的大地
像一位少女，正期待浪漫的故事
像一位怀孕的母亲
正憧憬美丽的明天
舒缓的旋律中
梦，悄悄飞升

在德庆，就是在美里，就是在幸福里（组诗）

□ 苏欣然

美丽的乡村

踏花而来，清润是手写的碑铭
大榕树下，落下几枚人间的鸟迹
前生或者今世，都以一片白墙黛瓦，映衬在林茂竹修中
在阿婆的话语里，淘出繁茂如星的典故

有一款留在了新农村

谁都知道它像一杯香醇的茶，被祝福与叮咛交融知晓的答案
谁都能提起一两段，藕花或者莲蓬
或者就是，"幸福是奋斗出来的"佳句
种豆南山，与放牧的南山，在这里是一种归隐的比对
更是水清，草绿，留下炊烟袅袅
都为一个振兴的词牌围绕
谁是谁的风景，谁又是鸟叫声里，推开田园的新视野
都有无尽的真心与感动

我惊讶这些画卷，就有金林村，罗洪村，双象村
一个个排比下去。"美丽的德庆"被展示
就展示出美丽里的幸福
美丽里的登峰，近似于瓦当与绿色的薄雾
开花与不开花的花枝，镜像里的姹紫嫣红

就比如花开各枝，有的是富农，有的是产业新
有的就把生态变宜居，在密叶间仰视

飞鸟翅膀上抖落的星星

甚至是古镇新篇
都像一个拈花的动作，都拥有了一望无际的田园
秀美的滩涂，以及
在田园诗的口碑上，存在的一切风景

锦绣的篇章

从德庆的老照片里，还可以翻出日子里的短语
搁置几枚黯然或者神伤。在今夕比对里，不仅仅是小康
就像用蒙太奇的手法，追踪翻天覆地
一朵花开在几分钟内完成

从康达市场，朝阳购物中心，看齐
三条街道的德庆开始拥有广袤的修辞
大交通交织成一份斑斓的图景
上通广西各地，下达广州出海
仓储，旅游，商贸，再到楼宇比肩诗歌的行距
再到新圩市场，香山中学，三元塔公园
朝辉路，半月洲，水上居民，一个个新村拔地而起
成为德庆诗篇里美的节选

日新，月异，也不为过。欢喜大于依旧在碧波里嬉戏的浪花
用改革，开放，两大镜框，嵌入心旌摇荡
像一位情有独钟的画师，就描楼影，越描越高

在德庆，一种热烈落在近似绿色的绒幕上
就化成绿翡。让一座城的性格，渐次饱满
就是崛起与复兴，在德庆的报纸上反复被使用
誓言如阳光，萌芽的镜像，终于来临

谁在梦中播种，谁就是一只悠闲的鸟，一会儿公园
一会儿街道，一会儿以鸟语里的寡淡，惊叹逝水流年里，幸福的舒缓

目光里的期待与寄托，在比美中
聚集在"崇德之城"。商贸莅临在，歌咏的杯口
繁茂，是写不尽的一个词

（注：三条街道指老德庆县城，之前只有三条主街道。）

湾区的色泽

举全县之力。我看到在粤港澳湾区，德庆有着行动和作为
我更喜欢这里真实的德庆，让西江月通透在回眸中
是一种力度和咏叹
正以西江的浩荡，加持两岸水生的从容
正以沸腾又充满悬念的时机，把德庆按在吐梦的火焰上
就是梦想里的飞翔
让"中国德庆"，在绿色发展中，打出自己的先导牌
引一路歌咏的西江，蹿出腾飞的画卷

占通衢之地利，突出"一基地三区"建设
成为湾区建设的"四梁八柱"之中的重要因子
就有一个活力的德庆，鲜亮里的光鲜
南药康养，龙母故乡，诗歌小镇，投递出香糯里的徜徉
就有了反哺乡梓，就有了乡愁里的根深蒂固
就有了"德庆速度"，被延展

德庆正以鲜活的韵律，把诗意的构词，迎刃而解
德庆就在上扬的声调里，留下繁荣昌盛里的平仄
一阙凝固在大江东去，都是改革的浪潮与步伐
也是闲庭信步在诗歌的口碑下
写下德庆，就带出湾区的色泽
让手绘的西江月，轻轻擦拭眼瞳
展翅的花朵，拥抱星辰

德庆，在三元塔前学会止步，在西江上又学会奔跑
留下一棵棵香樟，也留下白头翁
新生鲜活于晨光

龙母的故乡

是滋养里投递芳华，也是性灵的西江
高蹈在圣洁上。以龙母的故乡，对话着灵魂
更以虔诚的歌唱，带着乡愁的纹理，在德庆
就是在母亲的怀抱中
记录每一个有胞衣的梦
一个披星戴月里的奔赴

去龙母庙，必然用西江的水清洗皮囊
必然要带着今世的圣果，供奉
锦绣在锦绣里，洁白的飞羽，展现在母亲的目光里
都是一行行祝福
誓言无声，我懂
此处无声，我也明白
那一世世的缠绵，都来自母亲的倾诉
幸福与安居，在锦绣的枝头上，都是母亲执着的渴望

走出柴篱的母亲，坐在西江的岸边
目光里蘸满星辰的光束。是催生繁华，是龙的子孙
留有母亲刚毅的性格
也是慈爱，精炼成民族的脊梁

是春汛，解揽方舟。更是前仆后继，成就一个民族的精神
在德庆，在母亲的目光里织锦，孵化半生皆无
唯有濯水洗尘，写下一份德告天下的清单
才能慰藉母亲的那个心
让那么多人一次次遣返着乡愁的身躯

获得姓氏里的永生

生态的旅游

先是把盘龙峡在生态里提读。黑桫椤遍布
留下一座植物基因库，共诗意揣摩
在诗词里丢下一只单脚伫立的鹤
以康养通用

山是一座好山，藏龙。水有灵性，带梦
漂流或者洗肺，都有山水里的大雅
从高空上俯瞰，一条龙正蜿蜒而去，成为负载诗词的身躯
树很高大，也盘根
水很激越，有的地方还流出一段静谧
像是深刻里的独思

其实也是西江，把德庆整个揽入怀中
顺势而下，就留下古村落里有兼葭
就留下一桥飞渡，霓虹贴近江面
临照梳妆里，延展生态的笔墨
留下诗经里的水湄与歌词里的水岸
龙母新梦，梦里有一枚新胎，就要诞生
德庆已经把葱郁的褓褛准备好

在德庆，几声蛙鼓也带着新鲜
情深意笃在这里擦肩
生态的福祉，留在绿色里
最软，最美，最抒情
就像是翅膀连着天和地，鱼米欢腾在农人的箩筐
被破译的西江水声，成为绚烂的心境
让一座城，可以听到植物纯真的心跳
可以在记忆里截留下一把清润的修辞

走笔德庆，或岁月的磨砺与雕琢

□ 祝宝玉

一

以德庆的身份，叩问与思索
我贫瘠的包袱里装着无限空茫

星辰，羽翼，轻盈的叹词
神祇的佑护，加持春风浩荡，丰盈岁月的轮替和迁徙
梵音抵达香火的深处。在龙母庙
蜕下中年的疲惫，时光皎白
纸上的故乡和生命最柔软的地带叠合，母亲都是慈善的
龙母在人间化身千万

我是襁褓里的赤子，我的啼哭倾泻前世的悲愁
我的乳名里嵌含着母爱的辽阔
大地的深沉，宇宙的奥秘
我顺从季风的温暖，生长体内的草芽，破土而出的感动
嬗变我远行的足迹
跟随一个美丽传说，寻及心灵的旧址

在德庆，疏浚拥塞的河道
打开宿命的入口，举起生命本真的光芒，抽出谷穗里的刀刃
切破血管，流淌汹涌
是的，我的爱是炙热的
我全身心地匍匐，煨热了这片土地

二

西江漂泊。落叶、泥沙、风雨、朝暮
堆积成心事的枯荣
我消失在她曾经显现的地方
我现在重新回访
沿着西江的曲迁，行走在光阴的深谷，我伫立，抬头
仰望枝头的天空
蔚蓝的寂静里储存着孤独的往事
我的身世，我的户籍，我珍藏的家书，我依恋的母亲
德庆，金子的芒光闪耀
当我疲倦，允许我依偎河畔的巨石
当我干渴，允许我掬一捧清水
当我失眠，允许我在河边游荡，夜色里有我的守护神
龙母。西江
轻轻地抚摸慰藉我半生的奔波，我不曾得意于春风的疼爱
也不曾奢望神祇的恩宠
安宁的河床，密织的树林，沉淀的记忆，斑驳的旧船
渡口紧紧拽住远逝的流水
我储备了一斗的春秋，在此垂钓残阳，在此安度余生

三

世居在德庆。阅读季节的隐语
提取西江的衷情
返身至一曲乡谣的悠扬里，痊愈天空的乌云，岁月的黯淡
光辉的，透明的，龙母的恩赐
我的生命清晰了来历与归踪

学会在风的譬喻里潜泳，呼吸另一种空气
德庆的，或尚未开发的
我总是不禁地猜想盘龙峡，深深的峡谷里忽明忽暗的山径

该通往何处？
掩饰我的惴惴不安，桃花滋生淡淡的忧愁

把闪电和弧度重新归置进身体
成为古老的痕迹
我坐在历史的废墟旁，虚构一个亲爱的母亲
我从未如此这般靠近，流云取悦我似的飘浮在头顶
龙母降临，慈祥地看着我

四

雨，还没下完，就开始悲伤
路，还没走尽，就已经分别
在德庆，好想把生活重新过一遍。我向龙母许愿
她答应了

五

与山水相见。与德庆相见
起伏的暗线串联热爱的地名：盘龙峡、龙母庙、花世界、三元塔
培植深情的呼唤，或细腻的呢喃
从眼眶里流出，西江
发光的是，天上的星辰
一座高高的殿堂坐落在高处，心灵皈依的神祇，龙母
此刻，沉默涌动
视域里，德庆的轮廓变得清晰，古老的版图与雅致的汉字
互为本喻和真身
赋予更婉约的抒情。在水的对岸
我看到一座山连着一座山，在仄逼的地理图册上绵延
我要追上去
追上远行的风，我要紧紧跟随，生命里即将发生的事情
不是为了未卜先知

我仅仅只需要提前一点预达命运的前奏
悲欢一路，风尘一路
这些，我还要历经，我在心的峡谷里听到了龙母的回应

六

在德庆的面前
我袒露了一切

于是，我变得无比纯洁，龙母的荣光照耀我的透明
我的骨骼，我的血管，我身体内的寺庙
木鱼声，还有落日
广袤的原野上，一群白色的骏马

在回声里出发，盘龙峡隐藏了汹涌的人群
时间在退让，我听到草木的私语
向着光阴的上游
寻及此心的安处
酒后苏醒的菊花被一幅古老的水墨收留，我的前生
也在那页纸上
在德庆

流水解开思想录里辞藻的盘根错节，西江，龙母，温柔的双眸
照及我危险的下一步
那一页山水的经纬昭示我生存的指南
热衷于尘世的人，必将变得狭窄
而热衷于德庆的人，将获得比夕光还要漫长的宁静

七

放弃术语
但并不刻意躲避冷箭

不依靠虚拟，不多次使用相同的象征

在德庆，落日开始变旧

谜语自带破译的功能，悬崖上的行走者已经安全着地

写给故乡的信，没有落款

母亲，也能猜到

我是她的儿子，我在使用我的一生爱着一个地名

德庆——

她曾制造我的疼，也抚慰我的疼

人间的疾苦打算持续多久就持续多久，我有足够的忍耐力

直到欢喜泛滥成伤

长安走向德庆：诗人的故乡（组诗）

□ 长安肆少（刘玺）

我从秦岭走来

我只能骑着竹马，从秦岭走来，梦
终南下的风，吹皱了竹林，秋天叶子
滑落。清澈的河水，流淌一首歌

在山坳，鸟群翩飞的山坡，角铃响起
挑着红檐角，秋虫蹲在檐上，安静
这是灞塬对面的山，慈祥，安静
额角上层层皱纹，皱纹弯成涟漪
一条河，如一串明亮音节。流向长安

云下面，一定有一个哲学故事
黑色的蝶，翅上泛金光，向着阳光，飞舞
山中会有骑青牛的老人，光影下，喟叹
转过身，一座古老的城，笑盈盈敞开
胸怀。路上走着一群人，欢快

我一脸疲惫，逆流而来，德庆
挽起慈祥笑容，圆月的情怀
月光下，龙狮的舞蹈，悠悠闪动。故乡

诗人的故乡，长安之于德庆

明月是秦时的，山也是，还有水
开阖在围栏岸边，一眼弥望的深度

那是一汪记忆，积淀的脚印，拉长

一泓泉，一道溪，一条河
圣贤老子喝过，讲出一篇《道德经》
长安的诗人喝过，他吟出《长恨歌》，千古流传
大雁塔的僧人喝过，他们证道得道，含笑归去
关中人喝着水边的茶，吼出来，就是秦腔

一把竹排，在德庆，撑起热闹的黄昏
磨盘，石碾，镶嵌在墙上的味道，芬芳
云吞，在画里面啊，舍不得吃的一碗面
有歌声的地方，人们走在画中，步伐豪迈

顺流而去，我在盘龙峡，驻足
水边是山的倒影，龙母庙，光影里绚烂
虹霓照耀的塔影，水边的容颜。回望

德庆：花枝里的吟唱

我飘着一季的长发，走进这片土地
红黎、毛锥、香樟、桐木、荷木和黑桫椤
还有那棵老树，闪耀孔庙的风华，荣耀

我从峡谷出发，经过白沙山，我陪伴
在三元塔，闭上眼睛的刹那，我静静依偎
在游鱼穿梭的湖畔，我呆坐
在德庆，思念寂寞地生长，也是陪伴

我把思念，写在一束花枝，紧紧握着
走进一个石牌坊广场，眼角湿润的记忆，盛开
广场上游人如织，人们安静或喧闹，一脸虔诚
望一眼那龙母祖庙，许我的思念，静静盛开

在塔尖，那座山的高点
遥望龙母祖庙，霓虹里，炫彩
孔庙的影子，凝望成沉静，在城市中
黄昏，最美的沉静里，鼓点响起

诗萃德庆，一卷水墨丹青的画册与乡愁

□ 柴薪

一

春风徐徐，徐徐吹动着西江水
春风浩荡，一只水鸟贴着西江水面飞行
飞向锦石山，草木上的露珠
像春天的珍珠项链，像从天空落下的星辰

龙母祖庙前香客云集香烟缭绕散发着人间烟火的气息
母仪龙德的故事名闻遐迩久传不衰
仿佛和我们在同一个天空下呼吸
繁茂的树木从锦石山山底，攀上锦石山山顶
仿佛从人间攀上天堂

除了赞美晚霞，三元塔千百年来从未弯腰
俯瞰芸芸众生，俯瞰山脚下的锦绣江山
白沙山山岚叠叠云雾缥缈
龙母庙的灯火和钟鼓，为西江上的行船点灯与送行
用树叶的心跳，用三元塔塔檐角上的风铃之音
用人间的绿，遥望丝绸一样美丽安静烟波浩渺的西江

白帆片片，春风把西江上的奇山异水留给德庆
天下独绝的景色像从遥远的岭南画册中归来
月亮提着洁白的裙裾，涂抹西江上的光线波纹与乡愁
华表石像秋天的隐者，落叶吹着口哨拾级而上
像停不下来的诗行，冲向天空，想要拦住南下的大雁

薄雾是锦石山缥缈的哈达，那些细致而茂盛的植物隐秘地生长
像生活的蜜，命运的恩泽，人世的宽广和暖意
浑身散发出芳香的气味固执而绵长热烈而美好
一点一点萦绕和落满这美好的人间

二

像是从天上掉下来的美景，每走一步像是密码
隐藏的秘密与传说，像是真的与琼台瑶琳有关
仿佛行走的不是我们，像是流落世间的仙女与神祇
曲径通幽，移步换景把心中的空旷让给三洲洞中的钟乳奇石飞瀑
闪烁的灯光和虚幻的阴影
奏响内心的梵音，把圣洁的光阴
还给三洲岩，还给水鸟眼里的第一缕晨光

三洲岩宛如仙境，古树长藤山翠如城
带来人间的飞禽走兽奇禽异鸟虎吼鹿鸣
金猫白象巨鳌仙羊云柱以及尘世的华美与沧桑
带来普天之下，汉语与汉字的缠绕与光泽
在清新与灵秀之间在绚烂与美艳之间
用摇曳的画笔描摹并照亮缤纷的世界
留下间隙与星辰

在三洲岩仙境
我像一个浪迹天涯后的归来者
那些在光影中模糊的史册依次出现
那些无法分辨之物慢慢具其风姿
胸中水墨般的欢喜以及淡淡乡愁
慢慢溢出与西江平行着
交织着布置这天下最美的美景

三

在德庆，在盘龙峡景区，在金林水乡，在花世界温泉度假区
值得赞美的事物很多很多
这遍地盛放如伞的黑桫椤，像我心灵的故乡
我别无他求
我可以取出自己的姓名，取出纯真，取出玫瑰
取出新鲜如初的乳名和温暖的愧疚，甚至取出
一个城市疼痛的乡愁
可我知道，只要等到秋天，你能用一头鲜艳欲滴的色彩
带我自由自在地，在德庆大地的深处飞翔

诗萃德庆，那些青山绿水良田美景古城老宅
那些乡村民俗乡野气息以及古祠堂群和小桥流水人家
把岭南水乡的清雅与淳朴一一呈现
这时的德庆大地，被一片绚烂的色泽填满
在这座日新月异的城市，我不敢轻易更改
时间、心绪和位置，我甚至不敢用
白云填词，流水赋诗，不敢用星星、月亮
绘画制作歌谣，不敢将过去重新排版发表
飞鸟掠过飞瀑直下，红叶传情，我们互为心跳
一部《二十四史》从开头翻到最后一页
被时间复制的往事，重新熨烫了人世间的悲欢
记忆穿过西江，华表石，三洲岩，龙母庙
托起爱、美好、和谐和幸福的旗帜洒满人间

诗萃德庆，抑或龙母故乡里的修辞

□ 苏美晴（杨文霞）

一

我珍爱这里的草本，比如楠木，红黎
一丛翠竹，总是在一湾清流上投币
一枚长出绿锈的铜钱，被母亲捞出来
按上山茶，油茶，地杂果
一生都用一枚绿色的光影从古旧的铜钱里穿过

我偏爱这里的高岭土，可以修路，建屋
捏泥塑的菩萨，在饥饿的年代可以救命
更多的时候，化成一把老娘土，供奉香火

我一次次写到植物里的她，江水里的她
泥土里的她，分给我时光的胎记
后来就是水磨青砖，琉璃瓦
后来就是龙母庙
用西江的鳞片，拓片后事的光阴

二

一个神话的地域多精彩，一双诗歌的脚踝
也从西江上，走出乡愁里的姓氏
以诗意焚烧的记忆，顺应天道
就是在德庆，龙母的故乡
用社稷的蛙鼓，敲醒

我与诸神共赴，母亲的柴篱前，挂满诗歌的修辞
龙的子孙，上演龙的故事。有血泪
也有，被守望的根
囊括在阴阳转换，生生不息里

我就看见龙母，站在西江的岸边
婉约了一片灯火
我就看见缥缈之物，顺江而下，粤港澳
一个大亚湾，载回很多游子
都是一母同胞，聚散在喧嚣的背后

但我确信，龙母，才是我们唯一相同的家神
摘取一枚西江月，与翠竹吹奏的乡音
一同供奉

三

德庆以金山绿茶，在屏幕上一遍遍涂抹防辐射
其实也隔离不开一双眼睛，虔诚的递送
以暮霭的华章，克制锦绣的战栗
观澜之下，卸下成吨的星火
在西江里，流淌着华夏的浪花
也在广域的慰藉中，拖儿带女

把广佛手，从繁茂的枝头摘下来
在花果的世界里，带着药香，沿西江行走
如果遇到汽笛，就是一味药膳
就是在青色的釉面上，描绘一幅图景
一只白鹤，和好在星辰互道的晚安
一条江水总是低于尘世，却彼此心怀尘世的敬意
成全各自的求索

总有一道母爱的目光从这里望出去
目光叠着波光。粼粼浸透之意
把沧桑交付
一枚茶针刚好，在浓密的乡愁里泡开
它舒缓开无数个水润与灵峰

四

在德庆，孔庙有晾晒的经文
苍老的乡音被赎回
三元塔也成为榜眼
龙的子孙，化成身份各异，把德庆山水的变量
灵性在人杰地灵上
一枚西江桂里的生态，就可以倒空所有湖光山色里的倾诉

在德庆，关于龙母的故事，加深了乡愁的风骨
更多的时候，就是一个母亲的样子
等着芳菲的解释
等着游子，提灯的寻觅
就有楼宇越垒越高，把灯火，叠出光的层次

其实性灵的果实已经很饱满
有人文，有神灵
有低声交谈的鸟语，衔着盘龙峡里的负氧离子
用来孵化，诗歌里的字词

五

我感觉得到水润山色里的调配
也感觉得到香烟缭绕里，人间素描被加深
求子求学，求富贵，求平安
每一个人都像一个长不大的孩子，央求着母亲

唯有无私与赐予，才能解释得清楚
这些汹涌，失去的边界

我要说的是，德庆，龙母故乡
一些人，从这里走出去，带着龙的胎记
一些人寻觅回来，就是把灵魂的祭坛
重新镌刻一遍，重新入世
颠沛之中，龙母永远端坐在心间
允许哭泣与欣喜
允许，一些闪光的东西，挺立出人间的腰杆
以龙母的恩泽，慰藉徘徊之势

一声汽笛从龙母的怀里滑出
森林与水的世界，爱着一个屋檐，一个家
祭青蛇，摸龙床，繁衍姓氏

六

我一遍遍让诗词的手抚摸德庆
自光绪三十年的雷雨，开始避让一座神庙
流水无蚀，每一块青砖都贴上好几层星光的绚丽

把一种念想注入，直到世界夺目璀璨
就是以高端，现代，交融之中，端上来
就是让地藏的何首乌，也长出人形
献祭给灯火，也献祭给卷袖的人间

我在龙母的庇佑中，耕种，划船
把一座城用牌楼，山门，香亭，再搭建一遍
舞龙，舞蝴蝶，舞白鹤
翩跹的人间，听得到屋后的鸟语
闻得到房前的花香

把紫淮山，蜜丝枣，捧给母亲
用衣着光鲜打扮
尽是人间的颂词

德庆乡愁，在水之南（组诗）

□ 白堇焱（张俊）

风吹来

悦城河交汇西江。一种静
进入另一种静
经由历史书写的文字
表达出我对德庆有限的认知
视觉。词语。情感
像一片树叶落在水面上

触及灵魂的事物，在我的身体里
同样触及世界的本真
我坐在窗边，看着风吹动
挂在树梢上的月亮

女儿小声读着，一首关于生活
也关于这片土地的诗
不仅是房间里阅读的波纹
还包括灯光和记忆
包括每一个应融于自然
却徘徊在纸上
审视生命的词语

对历史的追溯，有时才是
德庆的脉络
风吹来有形的善意
万物指向我的脸

此刻无声，才是真正的声音

风吹来我的中国
那些模糊的，内涵深远的图腾
把德庆两个字分成了美德
和有余相庆

反馈给内心的事物
像是风吹在
一只鸽子的翅膀。吹着它戴的风笛
好像只要继续这样的安静
德庆就能转过身看着我流泪

北行记

翻开故乡的回忆
如果风声再近一些就好了
我就可以一直看着
灯光照亮的远方，看着过往的自己
相册里的容颜那么年轻
好像用微笑定格的相册才是生活

只有不断燃烧的岁月，以及
岁月里清澈的流水
才是灵魂。我想起去年
北行时听着铁轨与车轮撞击
发出的声音
那种单调其实很轻
比小说里描述的响动要轻很多

我的记忆也要轻很多
仿佛沉重的物体已经不需要

向时间的河流里呈现自己
我想到图腾，想到历史
龙与人间的联系
我想到要描写德庆
在龙骨和立柱上留下的可能性

语言中不同的我相遇，告别
而乡愁始终在身后
在纸上。每一种颜色，树叶，波纹
都记载着龙母的容貌和她
轻盈的发丝
她的意中人在天上。她说尘世的烟火
需要用流星点亮

在我将要写下的诗里

我写下高阔的句子：龙吟和瀑布在手指
呈现为银河上的万里白光
彩虹照见山里，一只鸟
和另一只鸟的婉约
我捧起清水，捧起它象征的命运
似乎也捧起了天空德庆的蓝

德庆的每一个侧面，都是
纯粹的太阳
盘龙峡。花世界。水里映出细致的星辰

龙母祖庙庇护德庆的万物
使它们看上去圆润
和谐。哪怕有些坑洼也容纳着
人间的光辉

我不能完全理解的时光和
无形之物，从普通的字符中溢出
成为德庆的福祉——因德以庆
竖立的碑文写下热烈。自由。荣辱不惊

民族复兴的魂魄
竖立在云中。我爱的河流
蜿蜒成宣纸上，辽阔的图腾

河岸上是爱我的植物
文化中不可或缺的环节
而这片土地从来不曾屈服
如同一粒种子内部，蕴藏的铿锵

众生的血脉，洗净大地的河水
歌唱草木追随春风
在我将要写下的诗里
那个狂放的少年
坐在草地上，用灵魂养育孔庙里的石头

像野马驰骋

被灯笼照亮的江水，是温暖的
而它倒映的人间
使我的影子向东倾斜
那时候，西江水向东流
人世的沧桑也向东流
仿佛不会停止

诗意的西江在月光里
唱着一座小桥。一颗流星。一晚花开
最美的诗句是德庆

与我形成的镜像，在尘世如同
葳蕤的波纹

最初和最终，我怀着相似的情绪
坐在岸上
看一盏灯笼点亮又熄灭
通往美学的大门
十二时辰仿佛十二种契约
在我的灵魂里
烙印着古代的歌谣

久远内涵的延续
是因为生活而存在的流动
郁水。浪水。牂牁江
这些名字里的命运和兴衰
如歌吟唱。像一段历史
叠加更多的历史
像野马驰骋在光阴里的中国——

如诗般宁静的笔墨

宣纸上，最美的风景
流动着江水和飞鸟。一条木船把
它的余生都给了我的尘世
而温暖的文字在纸上向一场雨出发
终点是三百里桃花点缀的丹青

我划着船在水面上漂泊
德庆在诗意的诉说中
沉淀成辽阔的绿色。物哀之情或是
恬静的山路，大多沉静于
它另外的名字——而生活恍然如一场梦

我无惧岁月也无惧
这世界，必须跋涉的险途
德庆的浓墨
在身体里生出的内涵
仿佛倒置的沙漏中，下雪的天空

夫子说起西江，也说起
他的流年和故土
颜回。子路。飘零的落叶遮住了
《诗经》里描写的阡陌桑田
他对尘世的爱像对江水，粼粼的波纹

微小的诗性向外延伸
成为无尽的乡愁
这乡愁，从德庆到海洋
仿佛也只要一瞬间就可以抵达
持重，温厚的生命

如果把西江的月亮
凝聚成心灵中，扭转逆境的诗
它一定包含河中央的木船
包含白鸟和静止在水墨上的波纹
苍劲的笔，涤荡时间，留下一生清白

德庆，诗情画意舒展的山水长卷（组诗）

□ 郑安江

在盘龙峡游走

临写盘龙峡这幅山水，葳蕤的诗意俯拾即是
分布在草木间，石头上，溪水中
就连一大口一大口的深呼吸，也灌满了
叫人沉醉的清新

进山的步履，踩着潺潺流淌的韵脚
古朴的农耕生活中越走越深
一百零二台水车的转动，把我们流连的情感汩汩灌溉
眼眸被腾龙瀑布过滤得清澈无比
潭水般的粼粼波光，适合用来润色遐想

亲近石头和有关石头的传说，让生出的苔藓
覆盖岁月的锈迹
亲近毛锥，桐木。亲近马尾松，油茶树，薰衣草
亲近山牛，芒花狸。亲近灰鹤和大翠鸟
借用一棵黑桫椤的枝干，草书
浆果般玲珑闪亮的颂词

走着走着，我就成为盘龙峡的一块石头
想法简单了
走着走着，我就成为盘龙峡的一棵草木，低矮了
又像跌入小龙潭的一滴水
变得越来越轻了

在诰赠村，种植一片贡柑

在诰赠村，做一个勤劳的果农，去伺候一片果园
简单辛苦的日子，过得就像诗人在写诗
规划建设果园的过程，相当于谋篇布局
宜选土层深厚，有机质丰富的壤土
而且，附近要有山塘、水库或者河流

有了贡柑的植株行距，就等于诗句之间有了分布
苗木直立。种植前
应当修剪枝叶和根须，还要注意淋水和保湿
这多像诗人要反复润色他的作品
如此，浏览起来
才会内容丰盈，韵味十足

果树结出一枚枚贡柑，采收的时候要轻采轻放
如同诗人搬动那些中意的词语
在诗篇里找到最终落脚的位置
贡柑洁净美好，金黄诱人，清香绵蜜，脆爽可口
它们流淌的汁液，化为一条金色的河流
滋养我们内心的爱恋，长势良好

在诰赠村，做一个勤奋的果农，去伺候一片果园
闲暇时向上仰望，看到的不是满树金黄的贡柑
就是夜空密布的繁星
望着它们，我心中就铺开了
一幅景象迷人的梦境

罗洪村：古韵与清新相融的人间诗画

一定诚心敬一炷香，在玉龙寨的龙母庙
龙母大德，恩泽天下

万物苍生，吉祥安康
古村里那满墙的福字，每一道笔画
都铺成通往至善的大路

还有更多的脉络，蜿蜒迂回在古村落中
对每一座古老民居和祠堂的叩访
都有一阕感慨，与古榕树文笔树一起等在那里
而穿过古村的那条路，成为一根结实的线绳
把斑驳的历史装订成耐读的典籍

以上只是这个古村的一部分。要认识罗洪村
还要将视野扩展，将拍摄画面放大
放大到看见它的油菜花海，黄金水稻，田野草原
看见那一片片清新拂荡的亮色
丰盈我们不可遏止的倾慕

一朵油菜花，在我们庸常的日子里
点亮一只朴素而温馨的灯盏
一粒雪白的稻米，让我们行走在尘世的脚步
坦荡。磊落——这是罗洪村给予我们的
最大馈赠

金林水乡：山水草木的无言邀约让我们趋之若鹜

五座呈会局之势的山，邀约我们来金林水乡
不只是走走看看，还要深深领悟
一生沉稳，禅定春秋
晴朗，是放眼远眺的一幅风景
起雾，是画风朦胧的一帧遐思

不论来客远近，村前的大树都一样列队迎迓
榕树、樟树、相思树、菩提与红棉，用一袭清风

款待四海
指点手工作坊的去向。酿酒，磨豆腐，榨豆油
学上一门手艺
满心的自豪里飘逸着纯粹的馨香

擅长唱歌抒情的金林河和古岚河，逶迤成韵
它们从家家户户门前跳跃而过，用浪花
为我们擦去心头的风尘
我们以金水池、林塘、葵扇塘、积善塘和北秀湖为砚
饱蘸清澈的爱恋
书一卷无字的诗锦

漫步来到无人售货市场，盛着几束青菜或药材的竹篮
挂在墙上，搁在门口
向过路的我们，用金林水乡独有的淳朴气息
打着招呼

德庆：龙母精神留存的时光温度（组诗）

□ 鲜圣

一

对母亲的崇拜和尊重，是人性的本真
德庆，龙母的传说，传承人间美德

生生不息的遗产，被放大，被依恋和继承
龙的传人，在香火燃烧的虔诚中，寻根问祖

人类的枝丫盘根错节，总有一支血脉
如袅袅青烟，升腾在人性斑斓的空间里

祭祀大地五谷丰登，祭祀人间花好月圆
祭祀的典礼，庄重、严肃而神秘

朝拜的人头，簇拥成最美的花朵
许下的心愿，是人间普遍的心声

二

在德庆，龙母的身影越来越高大
雕像，成为肉身，叩首的人，在叩拜自己的心灵

感念龙母的大恩大德，救赎的人、孤独的人
痛苦的人以及点化的人，与龙母融为一体

泪水，凝固成日月。只要围绕在龙母身边

就有一条通往新生和涅槃的路，畅通无阻

三

龙母，成为人类共同的信仰
勤劳、智慧，一颗慈悲明亮的心照亮人间

传说也好，神话也好
我相信，她就是真实的一个人

作为人的秉性，她一诞生，人间就有了温暖
就有了无限辽阔的张力和被人间托举的高度

人间，借助一些传说，来了结自己的爱恨情仇
她存在，人世间就有了自己的参照

她美得单纯，养育的小龙，吸取爱的乳汁
她美得宁静，膨胀的河流，从此风平浪静

她为人间解毒，一剂药方，化解了风寒与病魔
她，屹立在人间，就是一把遮风挡雨的大伞

四

我是龙的传人，她当年精心孵化的，也许就是我
任何一个人，都可以跟着她一起呼吸

纪念，一年一度如期举行
对母亲的纪念，母亲永远不会死亡

每一次纪念，都是一次超度
这不是随波逐流，是时间陪着信念在走

牌楼、山门、香亭、正殿
每一步都走在人性的光辉中

五

龙母，布道了人间巨大的精神气场
道义与灵魂，滋养的古树枝繁叶茂

一个民族的传说，如此动人
时光的温度，孵化的龙的子孙在腾飞

作为她的故乡，德庆
一条河流浸润她的血液，一座山峰站立她的姿势

一块土地，回响她的脚步声
石头的雕塑，被世人的目光，煨热

六

传承龙母精神，德庆有了自己的脐带
一头连着跨越，一头连着崛起

龙母的亮光席卷这块土地
相互爱恋的人正在飞翔

龙母指引的前方，写满人间的颂词
每一句，都是爱的源头

寄托，是一种药丸，救治了人间疾苦
龙母紧握精神的火把，传递世间信守的温度

南风和煦，视野里荡漾的春秋

呈现一幅绚丽的画卷

我在远方，瞩目德庆的山山水水
龙母，就在天地间铺展的这幅画卷里徜徉

德庆，心之所系

□ 吴海歌

双龙戏珠，彩凤起舞
盘龙峡美誉天下：爱你如千溪汇碧
恋你似群山献玉

白练翠峰，莫不是青蛇转世
翡翠娇娥，或是那温氏龙母

景入眼。德入心
有德当庆，行善必歌
龙祖龙宗，龙子龙孙
汇聚龙的故事，谓之盘龙峡
古龙化石，今龙化水
大龙小龙，在德庆沐浴冲浪

倾重德庆之德，赞赏盘龙之龙
一个善字立一个河神。善如水
下能入海，上能升天
一龙展开，万龙齐升

我歌德庆，被德浸染
被德包容，被德感动
被德融化，被德重铸

我来盘龙化为龙
给青山系上玉带
给美女披上轻纱

在德庆养德
在心里刻美
美善联袂，生成盘龙活水

目睹真龙现世
真龙就在德庆。水车转龙盘
掀起笑语欢歌
龙须溅碎玉，化为冲浪船

山不在高，有龙则灵
人心向善，抱德必贵
盘龙峡是银峡，盘龙山是金山
展心中之盘龙
心即为谷涧，即为轮索
即为千溪万瀑

身在德庆，我是最富有的人
杪椤现身，首乌上头
竹篙粉入口
龙之魂化我为千我：
小龙大龙巨龙——
上天如飞船破云
入地如地铁穿山

龙的传人，载德庆之德
龙母之慈，展群龙之威

以涧溪为练，以瀑布为宣
以翠峰为攒簇，以蓝天为书卷
以熏衣为裙裾，以杪椤为代言

德庆有德，盘龙得龙

龙母因善受世代尊崇
龙子龙孙划龙船来了
天龙地龙赶庙会来了
为德赴德庆
为善谒龙母
为诚见盘龙

循中华之龙脉，由此深入——
德庆，我心之所系！

德庆印象（组诗）

□ 虫二（刘兰玲）

山里人家

山峦　起伏叠嶂
风中飘动一缕炊烟　几户人家
吐扉的嫩草　欲滴的朝露
耕牛正在专心啃食
妇人孩子的嬉闹声　啼啭的雀鸟
把云霞踩得响脆
蝴蝶优美的飞行吹动了山风
两只黄莺站在树梢上相互轻嗫
质地清纯的歌吟　仿佛来自肺腑
花香正在时光里静静地发酵

雾霭如碎屑　纷纷散落在田野山涧
渲染着山野的桀骜
鸡鸣　犬吠　跟随着女人的脚步
越过市井的喧闹与浮华
屋前的晒谷场上
山麻雀　土鸡　孩童　谷粒
阳光皱褶处　都有汗水和快乐
村后的山泉　日夜叮咚作响
山里人家的嘈杂和纷繁
连成一片属于自己的欢腾

美食攻略

德庆——岭南古郡　物产丰饶
味觉的顽强记忆　与生命同在
从富笋被猪肉包裹中
清甜爽口　满嘴肉香
时光就有了脉脉温情
金山绿茶　茶汤黄绿透明
油炸糍粑　金黄脆香
紫淮山　在港澳的餐桌上溢香
巴戟　何首乌　与米酒相容相聚
醉意在星空下摇晃
德庆的地理　是酒神的地理
也是美食与诗歌的地理

"鸭头绿""鸳鸯桂味"蝉鸣荔熟
金牌荔枝　肉脆清香美誉神州
日啖十颗　从此德庆是故乡
千年贡柑　砂糖橘　名满天下
无公害的泥土里　孕育出纯天然
原生态　无污染
果色金黄　皮薄光滑
爽口无渣　清甜可口
香蜜浓郁　肉质脆嫩
占据岭南千年佳果的宝座

一碗香糯的竹篙粉
一碗面皮薄弹　骨汤飘香的云吞
把舌尖上的味蕾酥麻了
酸腌豆角榨　黄瓜榨……
入口酸爽　垂涎欲滴　欲罢不能
那一抹珍馐美味

沁润了久枯的心田
吃饱喝足　即使肉身不在天堂
天堂德庆　亦在我心中

西江彼岸

天空有火烧云　月亮圆满
圆之彼岸此岸——
西江轻缓　渔船驶过
一朵浪花轻溅　惊扰了白鲢鱼
那些前朝的风雨和神秘
穿越世事沧桑　摇曳成一段段文字
江山风云际会　岁月西江
龙母延续千年的根脉
是西江绵延不息的经络
连接着一种传统　释放对生活的热爱

风吹动芦花　轻雾掠过
白鹭　苍鹭高呼着穿梭江面
洁白柔软的羽毛　是快乐的白云
水波荡漾出满天星辰
渔夫的灯　航标的灯相互照应
共同擦亮了德庆繁华的身影
那千年江水的厚重与深情
让德庆怀揣梦想　把优美的诗句
与一方水土　留给诗人吟唱

德庆中国版图的桃花源（组诗）

□ 春映雪莲（董银莲）

走进蟠龙洞的美妙

相逢一场色彩斑斓的梦
德庆蟠龙洞便是尽尘世缘
是你，从画中款款走来
还是我，进入了变幻的万紫千红
双眼聚焦溶洞的别样风光
两手挽着洞里的玲珑剔透
仙人般穿梭在如林的石笋石柱间

鱼跃龙门、金鱼入账
玉罗伞帐、七仙女
目不暇接的美妙
让人沉醉于半醒半醉的状态
激动之余
捧上一筐丽字艳词献给高挂的石花
排列一些形象的比喻句、夸张句给低垂的钟乳
都无法匹配相对应的美
只能用一亿七千多年的历史变迁
证明迂回曲折，形若蛟龙的神奇
用虔诚的心，
领悟蟠龙洞的九曲回肠
诗情画意般的相遇
是命运的巧合安排
瞬间，留下无尽的眷恋

龙母祖庙香烟绕

行走在秦汉隧道里的龙母祖庙
被两千年的时光推上名胜宝座
五龙护珠之势
以神、绝、巧、灵、著称于世
古坛仅存的绝艺
在晨钟暮鼓里
诉说着中华古国文明史
丰厚的文化底蕴
激活古今文人墨客无限的遐想
婉转的梵音，香烟中灵气独钟
庙前灵水洄澜的波纹里
倒映出巧夺天工的玄妙
山门、香亭、碑亭、程溪书院
各自守候着龙母美丽的故事传说
唯美的文字符号
史记碑文里轻歌曼舞
仰慕祖庙的璀璨
我卷起千层的诗意
填进一波三折的意象
祈福、心愿
香烟缭绕中精彩回放

德庆三洲桃花源

我站在时光的渡口
捕捉三洲桃花源的记忆
秋去春又来
轻启耕读的窗扉
揽一缕温暖的阳光
欣赏桃花源积淀深厚的原创文本

披一身彩色霞光
与三洲岩孤峰为伴
探究洞中洞的奥秘
采集景中景的精华
活灵活现的动植物雕艺
栩栩如生

名人贤士的宋词丽句长了翅膀
飞翔在桃花源青山绿水间
石刻、书院、三贤寺、古村落
文笔塔、满街文艺品、土特产
集多功能一体的乡村文化型景区
让我觉得不知是在天上
还是在人间

德庆辞话（组诗）

□ 白堇焱（张俊）

西江月

水流如唱。悦城河交汇西江
生命中细小的事物
经过若干次婉转盘桓
最终还是要回到命运这个词语本身
成为静默的叶脉
或是沿着植物一生行走的月亮

——古老的词汇在今日中国
依旧能够衍生出新的意义
就像西江水涤荡人间。一种静进入另一种静
触及灵魂的事物在琴弦上摩挲，如同春雨
在摩挲着我的视觉。记忆。情感
月照西江，是经由历史书写的文字
也经由历史表达出一个异乡人深邃的向往

故而内心的波澜
不仅是阅读的声音，还包括风。树叶
以及融于自然的语言
德庆也在这语言中审视自我
善意。美学。平静的水面或向下
穿透波纹的石头或巨大的乡愁
虽然无声，却是此刻，以德养望，必经的曲调

有德之诗

因德以庆。这片土地的名字在
竖立的碑文上写下热烈和自由的岁月
无论秦汉都是它扉页的注脚
只有炎帝和鲲鹏才能真正解读那些
去而复返的颜色

不是父亲宠辱不惊的前半生
而是新中国的信仰
一瓣桃花上流动的句子
长阳照在故土
竖立的云中有至善的河

河岸上是爱我的植物
岭南文化中不可或缺的环节，德庆
传承自上古有龙母庇护的德庆
也凭借灵魂的铿锵庇护着它的子民和流进
它身体里洗净万物的星河
草木追随春风，诗中狂放的少年

日常生活，也是一种信仰的指代

回到内心深处
无喜无悲。也没有假装的镇定
我要描写的街道
和语言中不同的我相遇，和龙母相遇
每一种颜色。树叶。波纹
都是浮生的印记
记载岁月的事物也是记载德庆
飘飘长句的发丝

品格这个词，一如它笔顺里
体现出的众生之口
唯有经得起评说才能挡住风雨
而母亲，她与德庆的故事
又何止是风雨？

她说圆月挂在穹顶
她说鸣笛来自浩瀚的天空，她说
人间烟火安然，必须回应虔诚
每一缕经过她的光明
都在我将要写下的诗里
形态从薇薇草蕊，到花海，到纯粹的太阳
一路数来，便成了盘龙峡。花世界
水里映出的细致星辰
又或龙母祖庙里庇护万物的香云

天地敕告

两面都是云端
两个体系化，多棱角的德庆
从普通的字符中稀释出来
成为晚上九点寄语人民的福祉
镜子里的老人端坐如常
以助词之笔批复，人间谨慎的赞美

看上去圆润，和谐
哪怕有些坑洼也容纳固体的光辉
从星空到我
从时间的轴线上取出
珠圆玉润的句子
不能完全理解的鸣笛或无形

压在光阴上的苛求
我读了一段两会期间关于脱贫
致富农村的报告
突然想去看看，立在孔庙的石头
看着这世界繁复的变化以及
中国梦带来的巨大影响

云彩在峡谷游弋，写下的高阔字句
如同龙吟和瀑布在手指上
呈现出万里如银的历史
七色光，一只鸟与另一只鸟
婉约的变化，如我捧起清水时
天空无垠的蓝

举国学，成德庆

向东，德庆的太阳里藏着
深蓝的叙事
河水尽头是人心持重，厚道大方
如果收回西江的美
凝聚成心灵中扭转逆境的力量
它一定是一只白玉雕琢的鸟
静立在水墨般的波纹里
看江边少女浣衣，洗去浮华，留下沧桑

日光与我形成的角度，与尘世形成
美学的出口
德庆的变化也使我的影子
逐渐向北京倾斜
追逐西江水寄来的浩荡邀约

诗意或轮回，是德庆向内的名词

它只需一段清风抚摸大地
就可以概括大多数生命的美
当然这抚摸也是
古意的叙述：郁水，浪水，牂牁江
尽皆凿刻着国运兴衰
如乐府吟唱，如长诗倾诉

山川叠加更多的山川
举国学之力，书繁荣中国——
仁者，智者，勇者
在同一具身体里
衍生出不同的内涵：以微小见博大
以沙砾见浮生，从倒置的景物中
复活的三千大世界
诗性的外延，或广阔的故乡，或骨头上
恒久，厚钝，不能否定的人生

德庆诗帖（组诗）

□ 陈于晓

盘龙峡读瀑
必须铿锵地朗读，在盘龙峡
才可以匹配瀑布的气势
当然必须亮出节奏，一抑扬
峰峦起伏；一顿挫
峡谷穿行。水的瀑布，攀附在悬崖之上
而阳光的瀑布，倾泻在林子
磅礴的绿意之帘

漂流的身影，跃动成一声声快乐的尖叫
从波峰到浪谷，都跌不出峡的怀抱
黑桫椤和露水一起
沙沙了一年又一年，也许这份安静
从没被瀑声打破过

薰衣草是一波一波荡漾着的瀑布
小木屋置身在瀑布之外
我们在瀑声中蹑手蹑脚地走动
但还是被瀑声打湿了衣裳
拧一拧，全是草木滴滴答答的体香

在盘龙峡，我们反反复复地读瀑
瀑中的石头，藏起棱角
水外的石头，瘦成嶙峋
直到走出了盘龙峡，我们也走不出
瀑声越来越低下去的缠绵

三元塔，一枚书声

从褪了色的时光里
找出一盏青灯，擦去灰尘
抑或红尘，拧亮
在灯光的摇曳中，打开黄卷

也许，一座三元塔就现了
这塔，可能就是白沙山上的那一座
也可能不是。我相信，在旧年的
德庆，每一个读书人的心上
都隐约着一座三元塔

这样的三元塔，也许被挂在
"耕读传家"的牌匾之上
也许会在人家的某一炷香火里
若隐若现。然后，被琅琅的书声覆盖

这一幕是我虚构的，但我又敢肯定
它是真实的，某一天，德庆人家
上了年纪的那一间间老书屋
曾被时光打磨成一座座三元塔
被旧年的书生们驮着
来到白沙山，融入德庆三元塔的书香
有时，我们也把这些叫作乡愁

龙母，升起在炊烟里的名字

五龙山用经年的郁郁葱葱
一再地掩映龙母祖庙
却总有一缕炊烟，指示着
龙母庙的所在。庙中的龙母

已在一炷香火中起居多年

时光旧去了许多。祖庙之外
我相信，龙母依然在民间
在每一个需要龙母的人身边
而我跟着一缕炊烟
就一定能找到龙母的行踪
比如，那个聪明勤劳的女子
比如，那个乐善好施的女子
比如，那个行侠仗义的女子
比如，那个救死扶伤的女子

她就住在隔壁，起居在寻常人家的
柴米油盐之间。哗哗的流水里
有她洗衣的身影；平平仄仄的田垄上
还留着她早出晚归的脚印
传说中的五条小龙
还在她慈爱的目光中出没
多难的人间呵，需要她去疗救

在德庆，人们说，龙母庙中的龙母
不过是塑像的龙母
那一炷香火，也不过是炊烟的一截
苍生在上，成为神的龙母
依然在德庆的山间水间
德庆人家袅袅的炊烟中走动着

过金山，醉了一壶茶

德庆无所有么？聊赠一枝金山
金山太沉，不如给一壶金山茶吧
多饮几杯，此物最养心

我不劝饮，只给你看
这山峦，被云雾煮着，像一把壶
被春水煮着。偌大的茶园
也不过是被放大的数枚茶叶
穿过云雾的我，走动着
也像极了一枚茶叶

面金山而坐。云雾已散
坐看禅意起，茶水斟满，金山就空了
过金山，醉了一壶茶。我走了许久
还在一枚金山绿茶的回香里

在德庆，有一种乡愁叫竹篙粉

有时候最朴素的坚守
是用一碗烟火来表达的
比如竹篙粉，在德庆的晨曦中
守了五百多年的原汁原味

竹篙轻轻点，德庆的山泉水
漾动着层层火热的清凉
凉意流于表面，正是滚烫的内心
在一场被安排的邂逅中
伴着滋滋的拔节之声
竹子的清香沁入米粉的骨子里
绽放出舌尖上的完美

细听，这竹篙粉中
应该有春笋在一枝枝地破土
也许，和竹篙粉相守久了
也就拥有了挺拔的身影
以及谦虚的胸怀

一节一节向上的日子里
乡愁有时就被浓成了粉状
比如竹篙粉，在德庆
就是浓得怎么也化不开的那一种

入金林，在一滴水声中走动

在德庆，说出最岭南的水乡
一滴叫金林的水声，忽地欸乃出来
谁家的轻舟，还载着
我儿时的她么？花开过好几度了
水依旧清澈。酿酒的、磨豆腐的、
榨豆油的，似乎还在旧年的烟火中

古榕树还长着旧时的模样
相思树也不曾掩饰那一盏灯火
那一晚，清风吹来了明月
在水上乍起的涟漪，仿佛带了几丝禅意
漾与不漾，其实都无关心情
回眸时发现，一菩提还是一叶

古祠、老宅、城门、店铺……
被湛蓝的天空，扣在河湖塘池中
逸出数朵白云和很多的炊烟
被光阴蛀空的树干之上，青枝绿叶
贮藏着鲜嫩的鸟鸣，老去的砖瓦
在用苔藓表达新鲜的思想
从褪色成黑白的古井中
打捞上来的都是湿漉漉的往事

踏着暮色，走金林，水唱着水歌
夕阳洒在粼粼波上

星光点亮水谣。蛙声四起
我在一滴水中走动
水汪汪的脚印，在水乡的梦里
生长得郁郁葱葱

德庆九章

□ 柴薪

一

最好的山水都在这里
最好的水一直藏在西江里
有多少篇章与你息息相关
把唐诗宋词翻开
把攒了千年的山水还给你

杯盏上轻落月色
稻花里吐出酒香
人淡如菊
面影掉进清澈的江水里
在水底
我找到了丢失的自己
我是一条锦鲤，游回到你的深处

二

锦石山云蒸霞蔚石头凛冽
三洲岩氤氲缭绕宛如仙境
西江拐过山脚入了凡尘
退让或隐逸，三洲洞中或
西江水中藏了多少人间的秘密

扯住一株水稻的衣角
回来，回到西江边一块还没凉透的

石头身旁
听听它内心的纹理和波涛
回来，回到一条江击水的中流
回到源头，回到一朵云的故乡

三

故乡和远方，是江的两头
一个回不去一个尚未到达
有人离开后就没有再回来
有人用一辈子等待与他们重逢
却不再相逢

我来到龙母祖庙前，踏一踏向晚的台阶
像是从尘世中退回自己
龙母祖庙青砖黑瓦上传世的月光很旧很旧
像退出星空的脸庞
我真想蘸着西江水
在德庆孔庙后花园墙角的芭蕉叶上
一点一横一撇一捺写下
岭南大地上千年的乡愁
我是来客，亦是归人

四

把一本《论语》从前往后读
把一套《二十四史》从后往前读
把喝空的酒壶再盛满
酒壶中藏着百年潮音
琴箫余音不了，松下坐着
看粤剧的扮相、台步和唱腔穿越千年
看眼前西江如书卷如典籍如云烟

那些在光影中模糊的史册依次出现
那些无法分辨之物慢慢具其风姿
胸中水墨般的欢喜以及淡淡忧愁
慢慢溢出与西江平行着
交织着布置这天下最美的美景

好像从一场大梦中醒来
在一片看不到边际的黑桫椤林里
西江不知成为被谁所推敲的章节
心胸开阔，穿过安放大地的美丽家园
你有大海一样的自由
而我就是那西江中的一滴，花中的一朵
璀璨耀眼，灼灼其华

五

西江绵延悠长，江水滔滔流淌
每一段都像一段乡愁都像衣袖一闪
都小心地斟满装不下你的心事了然
把酒杯端平，举高后从低处敬起
有多少白帆在西江上远去
有多少风流人物在西江上沉浮
有多少往事，从酒杯中泛起
有多少泪水，从西江中回流

春风把西江上的奇山异水留给德庆
天下独绝的景色像从遥远的岭南画册中归来
月亮提着洁白的裙裾
涂抹西江上的光线波纹与乡愁

六

龙母祖庙香客云集香火缭绕散发着人间烟火的气息

母仪龙德的故事名闻遐迩久传不衰
龙母祖庙的灯火和钟鼓，为西江上的行船点灯与送行
用树叶的心跳，用三元塔塔檐角上的风铃之声
用人间的绿，遥望丝绸一样美丽安静烟波浩渺的西江

月光和目光洒落在华表石上
喝一杯酒，写下一句诗句
喝一百杯酒，写下一百句诗句
喝下整条西江，能否写下整个锦绣江山
日暮与乡关，风起与云涌
西江上的烟波，你的美丽与乡愁恰好与我的心情相迎
一场浩大的春风里我来看你
春风十里，我不如你
却让我爱上尘世中所有渐渐收缩的背影

七

诗萃德庆，值得赞美的事物很多很多
这遍地盛放如伞的黑桫椤
像我心灵的故乡
我别无他求，我可以取出自己的姓名
取出纯真，取出玫瑰
取出新鲜如初的乳名和温暖的愧疚
甚至取出一个城市疼痛的乡愁
可我知道
只要等到秋天
你能用一头鲜艳欲滴的色彩
带我自由自在地
在德庆大地的深处飞翔

八

诗萃德庆，那些青山绿水良田美景

古屋老宅粤语或方言
那些乡村民俗乡野气息
以及古祠堂群和小桥流水人家
把岭南水乡的清雅与淳朴一一呈现

春风翻卷，翻动着我的美梦
桃花落满枝头远山长满青黛
田园鸡犬之声相闻瓦房上飘动着炊烟
白鹭、鹌鹑、蝉、蛐蛐的叫声和鸣声
都是世上最美的长短句
如今西江上下，德庆大地欣欣向荣
一种幸福感油然而生
在红土地里种出的奇迹
将一次次被新竹简描绘得更加壮阔波澜

九

这时的德庆大地
被一片绚烂的色彩填满
在这座日新月异的城市
我不敢轻易更改时间、心绪和位置
我甚至不敢用
白云填词，流水赋诗，不敢用星星、月亮
绘画制作歌谣，不敢将过去重新排版发表
飞鸟掠过，红叶传情，诗萃德庆，我们互为心跳
一部《二十四史》从开头翻到最后一页
被时间复制的往事，重新熨烫了人世间的悲欢离合
记忆穿过西江，华表石，三洲岩，龙母庙
托起爱、美好、和谐和幸福的旗帜洒满人间

天下德庆（组诗）

□ 马行

白云里的另一个德庆

雨住了，天晴了
那空空的背影，是千山
还是万水？

百年不远，百年很近
百年前的白云
一朵朵的，也很近

沿着小路向前
村子里的老人都说
白云老了，德庆没老

然而今年，我和春天
在山坡上散步时，却发现另有一个德庆
一直居住在白云里

天下最亮的月光汇成了龙母庙

夜色中那蓝绸布一样的德庆
那慈悲与爱，从天边伸展而来

那是龙母，那是天上的星星
依然认得俗世的路

相信德庆，就是相信天下
相信星空，就是相信德庆的亲切与善良

大地啊，龙母
天下最亮的月光汇成了龙母庙

在德庆，风将岁月一年年咏叹
熟悉的唱腔带来民间的传奇

而此刻，永远的龙母，就在德庆的山水之中
就在你身边

德庆的光阴

必定有一个人，骑一辆旧日的自行车
穿行在城中的街巷

必定有一条蓝色的河岸
停在人间，晾晒着太阳的衣裳

必定有一条小小船
还在消逝的少年时代打转

必定是那棵已近中年的桂花树
像她一样，低头不语

必定是德庆的风，暂且屏住呼吸，只为了不让我和八百里岭南
找到时光的踪迹

德庆的梦

德庆，德庆

风中的蓝蝴蝶，翻飞着西江的记忆

德庆多梦
德庆的山水多梦
且越来越轻
比秋天的花儿还轻

德庆，德庆
盘龙峡，马圩镇
一条条舟船，静静地停泊成
天上的水

德庆啊，当秋天熟了
自会有一辆拖拉机
载着你的水稻，还有好多天上的谷粒
向你开过来

致德庆的一封信

□ 前车（朱玉宝）

我在远方给你写信
就想读一读，我和你被阻隔的屏风后
我一路收藏的山川，河流
连同我身后的大陕北，都写成一封信
寄给你。
有很多个我从四面八方而来
身后的灰尘，是道路本身。仿佛是挽起你裙摆的婚纱
我从图书馆的房中打开旅游指南的门
走出来，花费了一些流量的银子
在尘世的集市上，就打探到你的前世今生
几次投胎转世的因，和结出的果
我捡起，你最近的一次投胎
是秦朝的一面铜镜
在城市的静夜思里遗落了，李白的床前明月光
照亮过历史更换的脸
从稚嫩，青涩，年老色衰
直到死掉历史存亡的家国恨，拔掉蛀牙
又从这死掉贫瘠的囊中羞涩里，掏出来，
掏出来的，就是一张中华人民共和国
法定名片的，人民币
我在郁南拿起云安的望远镜，隔江看你
我看你时很近，放下云安，你又很远
于是在某年某月的记忆里，留下一张跟你忽远忽近的合影
像对照的两面镜子，中间流淌着一条河流
被西江的水夜夜浇灌，擦洗你沾染尘土的身子
我从近代史的下游，打捞起你上游的前程史

历史是停泊在德庆港的营运船

而你志在千里的帆，已驶出港口，是一艘运输着中国梦的货轮

运送以梦为马的人，最后一站运进中国的大口袋

再掏出来，掏出来的是一条

我送给盘龙峡，却倦怠了龙母庙的

一块海上丝绸的手帕

我朝圣的心像秤砣力压千斤的腕，提起战战兢兢的笔

一笔画出西江贯穿的长廊上，描城市的眉

描过往的舟车，高楼，崛起城市的支柱

以及在低处的纤夫调，拉响通惠港澳的水上大运河

我在放大镜下近距离看你，仿佛浏览过

一幅拉开长卷的

清明上河图

揣在衣兜里的秋

□ 破镜（胡婷婷）

揣在衣兜里的秋
我不知道，
一尾落英要与半空缠绵多久，
才能化为厚土中的春泥；
我也解释不清，为什么，
此刻我的早秋一贫如洗。

是夏的意犹未尽，
还是秋的任达不拘；
星星点点地遗落在某角，那就是我，
目光难以延及的痕迹。

像一扇从未被擦拭的玻璃，
斑驳和沉寂只是一件示人的外衣；
那种平和就像记忆氤氲在往昔，
庭院的海棠晚绽于冬季。

你也许不会懂，
我的秋天每次都是这样开始；
一直被深藏……
闭幕却成了三季的浅唱。

我捻拢衣领，
沿着一面蚌壳式的残墙走去；
双手紧紧握实，揣进衣兜，
生怕遗漏这束细狭的秋。

德庆的诗歌

□ 枫林的晚（赖永洪）

一

古汉口语飘过
撒落南越故事
粤曲送远康州的风
岁月和水土交融，经
两千年敲打，沉淀
一壶金山绿茶。溢出的香
沏出押韵的诗句

二

两座庙，一样肃穆
曲阜与德庆的距离，咫尺
棂星门到大成殿，不轻易走完
延伸的梦执着追逐
传承下精髓
让灵魂彰显儒雅

三

三元塔没有海拔
川流不息的浪花
永远没有边际
看着她，跋涉不会迷失
祖先的鞭策最能蓄力

接过这支擎天的笔
把白沙山染上金黄色彩

四

五月初八的龙母庙
牌楼、山门、香亭、正殿
排开十万香客
掏不尽拳拳孝义
骨子里的纯粹
是对图腾的肃敬
向心引力，就是根

五

虎啸过后的幽静，暗暗窃喜
说得出和说不出名的花，不小心
盘龙峡掉进童话
邀来七个小矮人
造七百七十七台风车
吹出喃喃细语，让
瀑布群风生水起
山顶耸起木屋，留住
白雪公主的心

六

月亮被"炸狮"炸圆
挑逗悦耳的虫鸣
2257平方公里的滋润
西江岸上脚步铿锵
走再远都有辉煌，再远

都有竹篙粉的乡愁
让风捎回乳名，让母亲
喊了再喊

七

静下来，再静下来
轻轻踏上云朵，用尺
丈量这片土地
霓虹的街越来越长
铺开宣纸
住上富贵的牡丹

我聆听德庆悠远的灵秀

□ 李子（李进）

南盘江
胸怀两千千米的虔诚
三步一叩首向两千年的悦城河皈心
叩出远山远水浸透这方灵秀的土壤
叩出千年的德庆学官——鲤鱼跃龙门的奔涌
叩出三元塔——三元及第的祈望
叩出千年的巴戟、何首乌——天地不倒的脊梁
叩出盘龙峡"广东最美丽的地方"的荣光

五龙山擎起神女的祈求
——西江的水是母爱的乳泉
——西江的风是父亲铧犁出的金秋
潆浪转沙，灵秀挥就
"古坛仅存、四海朝宗"的龙母祖庙
两千年缭绕，托起祷告中如鲫的灵秀

昨天，东坡居士、濂溪先生——将诗兴落在两千年的岭南古郡
今天，万篇南方诗歌在德庆的每个灵秀里礼赞

还要舀一杯端溪的两千年的袅袅放在心坎
一勺勺播洒在青藏高原的长江源
灵秀九州，还有我的诗梦

爱上德庆

□ 欧震

在天空下，西江就像一面镶嵌在岭南的镜子
在水之畔，小城如花，一枝化作两枝看
如此，在南方千姿百态的缤纷里
她便有了不同寻常的娇妍

风景这边独好，对于一个异乡的游客
走马观花实在是太过匆忙
因为许多的景色需要坐下来
慢慢品尝
此刻，我登上三元塔
江天一揽，心旷神怡
飞檐上的风铃声响清脆
仿佛一粒粒白糖
溶化于咖啡一样温暖的阳光里
于是，这座小城
就让你品出了幸福的浓香

岩洞里的摩崖石刻
篆隶楷草，生动了千年的岁月
而在岩洞之外、天地之间、时光之中
德庆人世世代代以心、以行
一笔一画、端端正正
镌刻着一个巨大的"德"字
虽经风雨却未曾剥落

厚德载物，德行天下

今天的德庆有一千种锦绣令你目不暇接
德庆学宫驻足，是儒家的文化，是建筑的奇迹
金林水乡徜徉，是如花的乡村，是如画的田野
盘龙峡中穿行，是林中的飞瀑，是壮观的花海
龙母庙里朝拜，是旺盛的香火，是美好的祈盼

今天的德庆有一万种风情让你流连忘返
红艳艳的桃花点缀着青山绿水
香喷喷的云吞包裹着富足丰实
黄澄澄的贡柑满含着甜蜜美好
热闹闹的民俗舞动着金龙欢腾

这就是德庆，一座崇德之城
我相信生活在这座城的人是骄傲的是庆幸的
花好月圆，人间天堂
梦想的花瓣展开在美丽的家园
晶莹的汗水点亮了万家的灯火

我突然之间爱上了这座城
这就是德庆，一座魅力之城
在这里——
德，天长地久
爱，地久天长

德庆叙事

□ 洪芜（张绍敏）

一

我一到，德庆就掏出了珍藏的山水
一粒鸟鸣落入掌心

是青山与绿水撑高了德庆的天空
在竹木的疏影里看到起伏的光阴，先哲思想的头颅
与那些裸露的石头，隐隐约约的禅音

雄鹰展翅，德庆凸起宽厚的脊背
西江化身为龙，以奔腾的姿势
在青山绿水间穿行，浪花飞成天空洁白的云朵

一万个传说也抵不上一个龙母
两千余年历史遗留的火种在这里萌芽
一个个覆水在这里被收回

这匍匐的众山，到底蕴藏了多少灵魂
这奔流的江河，到底孕育了多少生命

在德庆，在每一滴水里
在每一片叶子里，我看见
生命的脉络清晰，山河壮丽

而你只用了一个眼神
便揪住了我深藏体内的那颗跳跃的心

二

时间在天上飘着，如丝丝的雨，如凉爽的风
白昼与黑夜交换天空，日月和星辰交相辉映
尘世喧嚣，山河变换着色彩

奔跑的土地，万物欢腾
被时光击落的碎片
雨雪般，纷纷扰扰

龙母用精神的针线缝补她的山河

只需要一小片土地
就能安置这一伟大的称谓
供养一个民族的图腾之母

在德庆，龙母取西江之水濯洗
江水浩荡，日夜奔流
每一只鳞片都是擦亮尘世的镜子

龙母站在时光的高地
补天，补地
补世人心上的缺失与罅隙

三

不是滴落，是腾飞
每一滴流水都有向上的心思
发出的尖叫，堪比鸟鸣

蛟龙出海，打开盘着的身体
高昂起头颅

吞下闪电与惊雷

山河抖擞
身体里激情的石头纷落
一颗尘世的心飘起来

在德庆，盘龙峡里，一滴水也有梦
没有翅膀也可以飞翔
成龙成凤

时光静美
归宿是落日的黄昏
而我向往黎明

南国·德庆（组诗）

□ 雨兴（于文星）

一　来自北国的疑问

遐想几千里之遥，空气或土地
——对一个北方人而言，南方
是什么？
隐喻百年的兴衰交替，变革或保守
——对一个辽宁人而言，广东
是什么？
品味西江畔的广府风情，差异或趋同
——对一个沈阳人而言，肇庆
是什么？
观望秀气的城镇山峦，龙母或贡柑
——对一个皇姑人而言，德庆
是什么？

二　从历史的起点说起

古老的兴奋点总是衔接着沧桑

红壤土将幼稚的石器、陶器
保管千年、万年，
粗劣的纹饰可以跨越时间
先民歧嶷，却被记忆踏灭。

北地中原渐渐合成一个王朝
南国百越依旧散成无数部族

这两千年间的故事静静叙述
又很快被潮湿的气流卷走。
或许是得到神明的应允，
任那北方的风浪滔天
都要留存这里的净土。

始皇帝，或称为嬴政
一个人所带来的改变
命运的容积开始扩充。
大一统的力量，小小的县城
有了雏形
短暂但不会被遗弃，接替者
南越国
迎来了文明的第一次辉煌。

封国的覆灭和县制的开始
在这片土地仅仅投出了一点波纹，
说到变化——
只是开始与"端溪"两字结缘。
千余年的历程
如环绕其地的丘陵
稍有起伏
偶然诞生的大人物
也随着西江流水
湮灭
或许连那些做着幻梦的"穿越者"
都不会选择在这里落脚。

当"德庆"的名字出现在版图上
已是南宋王朝的初期，
国家与县城
一个被迫迁离了故都

一个主动易更了旧名。

从那时算起，又是千年
岭南不再满足于低矮的丘陵
连绵跌宕
开始向远方的高原
直上攀登
德庆作为其中一员
自然贡献着自己的力量。

过去、当下、未来
皆为南国一隅，
所属更迭、领事更替
皆与中华的根基相连。
这是县城的故事——
这是中国的故事！
县民不会忘记前人的艰辛——
炎黄子孙不会忘记民族的耻辱！

德庆会继续发展
——因为有人民！
大湾区会继续腾飞
——因为有人民！
南国会继续繁荣
——因为有人民！
中国会继续复兴
——因为有人民！

三　关于自己的记忆片段

人在糊涂的时候
总会有天使

费力在天国的
藏书阁，寻找记忆
不论虚假，或真实

我曾在，不曾在
广州留下足迹
德庆留下足迹
早茶，喜爱有加
香槟，未曾入口
不会有遗憾
蝇虫也不会引火烧身
深感遗憾
欺骗不是北方人的天性

也许生活中的
长镜头
短镜头
会与一个南方人
来自德庆，或其他地方
日夜相守，不知道
擦肩而过，同样不知道
我深深思考
将吃奶的力气
挤向
脑细胞
把懒惰的气体
排向
其他方向

天使还在寻找
但我觉得她们应该
下岗

领受荣耀

四　写于当代的颂歌

如果沿着西江前行，
所见的秀岭平川万年前就定居着人类；
如果拿着县志翻阅，
所书的历代沿革跨越了大半文明的历史。

这是一座古老的县城，
孔庙学宫见证着她的沧桑，
龙母祖庙延续着她的香火，
游人如织，俨然朝圣。

这是一座美丽的县城，
盘龙峡瀑落差着奇秀与壮美，
玉龙村寨传承着文化与乡情，
游人欢欣，感受独特。

哦！德庆！
任何美好的形容词都无法将你独占，
任何动听的旋律都无法将你谱出。
我将在此停下诗人的抒情，
因为再华丽的辞藻都比不上这里人民幸福的微笑。

颂龙母

龙母在德庆，一个梦又从德庆开始

□ 贾萍（贾忠萍）

一

德庆在星空下漫步
星星活在万物的静谧中
一些文字从风里剥离
龙母坐在云端，是我想象的模样

二

黑与白，无法安静成树叶
诗把岩石融化成胸针，试探胸腔里的温度
有龙母的人间，万物都是高贵的灵魂
将岁月换算成不等式，有等式的春天从那年开始

风在德庆是红的，雨在德庆是红的
红成一颗心，凸起皮肤下的血脉
皮囊有温度，先辈的墓碑就高于云层
一朵云刚好从天边飘来眼前

枫叶驮着玉笛，南来北往的人啊！
跳着心跳，醉在德庆的眼窝里

父亲饮下长江里的水，那是山的脊梁
父亲饮下黄河里的水，母亲掏出种子
种下四季的炊烟，枫叶治愈着秋的伤痛
我的清欢，便是等雪来临的日子

三

龙母在物质以外，将精神宣泄为精神的殿堂
万物以内的故事，将苍茫划在圆周之外
我能背的 3.14 只能算人类的足迹

人在德庆，树刻着树，街道刻着街道
房子刻着蓝天白云，饱满的麦粒踩着月光
德庆城，便在灯火中读出诗的意境

雪也就在我的想象中醉在纸中
让线牵着我，让根织入我内心
我飞起来时，便成了有线的风筝

线被你拉着，龙母在德庆
肋骨间的琴弦空灵般地响起
超出我预想要的聆听，我便将我活埋在了人间

四

龙母在德庆，一个梦从德庆漾起
我承担那些优雅的时光
枕在梦的台阶上，香火便是我灵魂上的故乡

两朵花开出火一样的光芒
爱的最高境界，便是彼此的信任
于是我将伤害降为零度，抓住悬崖上的月光和露水

并非把我虚构成镂空的花篮
接住黑夜里漏下来的星辰
纠结一些长短句，穿过梦魇一样的梦

对着风喊出龙母，对着草喊出另一个我
草木便把草木擦得惊心地蓝
允许秋的萧瑟，允许田野的枯萎

再允许每一座大山高过云层
再允许每一簇树根低过尘埃
春天来临，那些大雁总会向着北方排出人字形

五

把一根绳索挤出水来
养活秋的萧瑟，田野的枯萎
野花开成春天，开成蝴蝶背后的葱绿
我便在德庆等龙母的温柔

雨儿是我想象中的马
踏着岁月的春色
浪花把我推进德庆
苍茫便是梦境中的乡愁

云很淡，风无味
空虚的余晖生出厚重的墙
藏住深邃的夜空
一个词跃于纸上，堆砌出自己的江山

龙母在德庆，找出自己的兄弟姐妹
祥和中，母亲将远山拉到近处
一把椅子，有挺直的脊梁
随灯火，宁静成了万物中的万物

龙母故乡，那些值得写意的事物

□ 方向（方小为）

一

曾有大片的雪经过此地
它留下的点点柔情，包括岭南的千年龙母情结

曾有问天的妙手，高高举在西江畔
当花语、鸟鸣、波浪，围着一位母亲旋转时
风流下了热泪

二

我不知道，哪一道闪电里
隐有龙吟、龙鳞、龙爪，有龙尾搅动的波澜

不知道，多少水可以倒流
可以找回两岸沉寂的时光

让我问一问，龙母的慈悲与坦荡
装下多少人间悲欢

听听她江水般的呼吸里
那些葱郁的民间故事，一直在梦里行走

让我潮湿的眼睛，再一次温润纯朴的一生
在那里，做一滴雨水
或一块幸福的卵石

月光能记住的，我也能记住

三

沿着这些美好事物的足迹，走到最深处
听听西江的水，与五谷的合唱

看看低矮的丘陵山地，被她的光芒孕育层层诗情与画意
在青铜的反复回音里，写下质朴的爱与母性的光辉

四

在那些沉睡者的余音中
我发现了冶炼与诗词的共同点

发现比龙母更早的母亲
是德庆的山水、草木、五谷、炊烟
是深埋在土下的骨与灵

是一滴坐在青铜内长期无言的月光
轻轻敲一下，她会流泪
会在万家灯火外，默默站一宿

她会在五月十八的晚上
在那些祈祷者的身体内，洒下银色的雪粒
白色的幽思

像坐在云端的龙母一样，心怀善念

五

今夜有雨，像那些清亮的眼神

落在德庆的任何一个意象与具象时
龙母都能听见

都能让我弯曲而下的思路
长出茂盛的叶子、芬芳的长短句

德庆写意，龙母利泽的诗性山水（组诗）

□ 墨菊（王维霞）

龙母的行走

捧一颗江水浸泡过的明月，如捧着母亲的泪珠儿
涵养灯火和万物的泪珠儿
彼时，虔诚的人们都有星辰的属性
每一次跪拜，都更接近龙母怀中时光的鳞片——

上善之魂，养育低于香火的炊烟
龙母俯身人间的行走，契合神性和母性
当山水与生灵以各自的方式
引领各自的天空，图腾抑或是母亲的凝视
慈祥如光亮的信使，指给我
德庆之德，托举着众生和时间的葱郁——

在悦城镇水口，我亦身带一小片光阴
半肩飞鸟，半肩草籽地远行，而比远行更远的跋涉
正是眼前的龙母，她怀中既有开花的和结子的植物
亦有奔跑的和飞翔的动物。我一直相信
神，就是守着故乡高举灯盏照亮远方的母亲

盘龙峡随想

我认识的神在山水间低头或者弯腰，为生灵引路
我认识的神端坐于时间的流水之上沉思、淘洗
而风云在她衣襟上飘动，而天空在她额头上腾挪

飞鸟翅膀上抖落的星星

相对于高深的事物，她更关心人类的屋舍
她时常挺一挺腰背抖一抖衣襟
为人世空出繁衍生息的余地。我认识的时间
是她沉思中大片的黑桫椤摇响峡谷，我听见回声
听见远灯近影在灯火的屋檐下返青

这样的时刻，适合母亲端坐在灯下缝补
适合游子在高悬的月亮下，望见母亲身边熟睡的童年
适合沧海桑田中不动不移的含盐的慈悲

作为众生之一，我有幸领受这般广袤的慈悲
并在其中领受着飞鸟翅膀上抖落的星星，在德庆
随处都有栽种星辰的龙母，随处都有收割星光的母亲

在三元塔

线装书里，书生身披星光跋涉了千年
每当有人提起山，他们首先想到的总是白沙山
关于银珠灰浆，他们知道的并不比一页史册的折痕更多
但那座塔总是矗立在心底，或许那跟功名无关
那是一茬星光茂盛在一个具体的时代
一想到三元塔，他们就不约而同地向晚霞致意
他们都知道，晚霞体内藏着全新的黎明
藏着血性男儿体内的青铜和朝圣的心

我从未触及，青铜深处那把淬火的剑
只是我也时常身披整夜的星光，忘记自己并放下远方
总是独自想象晚霞吐露火焰的内核
我深信那种宁静的燃烧，关乎不息的血脉
正如龙母为天下学子敞开怀抱。在古典的明月下
书生依然赶路，并且他们都忘了时间
他们知道大地之上除了果实还有花朵和草籽

在白沙山上，当我提及追索和信仰
他们又不约而同地以星辰为马，相互指认。这种美属于德庆
属于万物归一，属于离人们最近的神

白鹤记

不说别的，说梦里的白鹤
也不说太多，就说飞上晴空的那一只
我无法说清它是否有意让天空显得更加辽阔
而独自飞走，但我确定
当它彻底离群，定有两根洁白的羽毛
留在德庆，一根成为山水的旁白
一根成为诗人之笔

对我来说最容易的事莫过于倾听
在德庆的山水间，听一只鹤与植物的交谈
听石头内心的花期喊醒蝴蝶的翅膀
这些细小而纯净的声音，恰好将尘世的喧嚣压低

我不知道那只鹤飞了多久
不知道它如何忘记天空很空，想来
云天对它来说，正如繁华与繁华之间的一条路
它只是路过。想来，它是沿着龙母的指引
从不问什么能结出果实、什么随风凋零

西江夜话

晚安，星月
晚安，流水中折戟沉沙的朝代
晚安，上岸的灯火和即将进入梦乡的人们
在西江边，龙母躬身于新叶的舒展和果实的丰腴

飞鸟翅膀上抖落的星星

我站立的地方，已不见王朝的苦难
我能想到的，除了兴亡之手收回了鞭子
还有风吹过母亲白发，江水微微泛着浪花

晚安，浪花
晴朗的夜空下，草籽一样朴素的浪花
晚安，母亲
广袤的大地上，图腾一样沉默的母亲

晚安，德庆
请继续为星辰缝制山水的襁褓
请继续怀抱西江，为尚在形成中的事物命名

龙母颂：以羊羔跪乳的姿势，叙述母亲与一条河的源头

□ 虞姚（姚德权）

一

三洲岩。借用青铜语言喊出春天的骨感
经过几千年窑变。流水，终于有了安身立命之处
陶罐以母体守住泥胎本色
西江，内心藏着巨大的水纹

当我写下德庆的地理坐标
一条叫作悦城河的生命线穿过我的掌心
纺车谣。在太阳底下弹唱时光的经纬
一封来自绿邮筒的春天，打开精美的封面
篝火与星星的眼眸对接
他们的发音方式和岭南土语很接近

二

而在德庆悦城。一个女人用爱撑开天空，图腾
石牌坊，一座城的人文切入口
每个怀揣善意的人，虔诚地捧着初心
一炷檀香，只能加持方寸之地，唯有心香可布施天下

凡是地平线上隆起的事物，都源于母本
草叶举着感恩的露珠
倾听流水的奶汁哺育万物，生灵
张开龟裂的嘴唇，泥土和我一样都在祈求雨水的布施

三

盘龙峡，一枚传说孵化的石卵
从诗经开始倒叙岭南古郡的前世今生
上游，老河道。这些安静的辞藻被鱼卵唤醒
被一株株菖蒲喊出源头

那些皈依坊间的烟火，重新复述远古的余温
落雁山。天空剃度的雁声，一路喊着清霜
而我们反复临摹的生活雏形，都出自古人之手
流传了这么久，山川湖泊早已成为亲人
从青丝到白发，何首乌替我说出草木之心

四

起风了，总有一个女人在河对面喊我回家
这么多年了，回声还在梦里贪睡
只要是母性事物，都有神谕的光泽

当我以寻根的姿势，匍匐泥土之上
一炷炷香火高过众生的头颅，但他们都是虔诚的
更多的人是在寻找母爱的胎记
龙母祖庙。不仅是德庆的祠堂，更是天下人的孝德匾额

五

童年的额头，记载母亲失手留下的一小块疤
娘在，我从来都不疼
真担心有一天，这块疤会成为思念的痛点
写到此处，纸上的天空开始落雪

在德庆的街巷行走，我不是外乡人

凡是母性词根标注的地方,都是故乡
世间有多少游子
就有多少故乡眺望成老树

六

香樟树下,月光抚披成衣裳
我把自己乔装成小白龙的模样,等一双温暖的手
从龙母雕像的侧面递过来,这是世界通用的恒温
有流水的地方,注定有神话,女人

此时,我在北方乡下的老屋
与母亲说起一个叫德庆的地名和龙母故事
她语气平淡地说:天下的娘都是一样的
然后,用目光擦亮我额头的疤

七

落在键盘上的红尘,敲打空洞的骨架
时间侧过半边脸,表情木讷
我和它说起龙母诞的来历,它还是颤抖了一下

黑桫椤,倒叙历史的截面
从康州、端溪两个地名开始追溯德庆的年轮
随手抓一把白沙都是千年的修行
三洲岩摩崖石刻,那么多的铁钩银划,风骨
只有"瑶华洞天",四个字,还在回放明嘉靖二十六年的金石之声

德庆，诗意的龙母故乡（组诗）

□ 万世长青（万世长）

一

适合阅读，背影，有三层
沿台阶而上，适合将水装在眼睛里
躲避风浪，我用一个人的辽阔，藏着险情

适合在四野设伏，暗箭，有急速心跳
突然出现龙母的故乡
亮出来，适合策马奔腾，羽毛扇当成口哨
山川和江海，给我丰盛的口粮

适合远征，做英雄，然后死里逃生
适合打鱼，织网，撑船共度余生

想一想，适合做猎人，有枪
就是一个人的胆，适合脱单
有山贼惦记，道路保佑路人

二

可以做强盗，给喜欢的人写信
在驿站接头，租一匹唐朝的战马，修山寨

可以当土匪，种土豆，养一万只信鸽
松林做家，有嫁妆，写风雨的战书

可以酿酒，走丝绸之路，背醉汉
三十里没有客栈，扛粮食，每一天都是新婚

可以打折，喊名字，捉迷藏
隔窗栽种杜鹃花，赶集市，梦见邮差

可以挖一口井，赠两只燕子，养一匹斑马
前世为水，洗袈裟，袖里藏暗器

可以有心事，月亮铺路，送阿妹
一只蚂蚱，给炊烟，万家灯火

三

一起上茶山，晒太阳，喜鹊有两只
石头孤独，花朵给春天送餐，温暖有力量
昨天丰满，洁白打扮下午，给理由

一起到来，我们沿着隧道走，重逢交相辉映

一起重走人间，祝福有骨节，山有福音
我有你，旷野有双手，拥抱有深渊

一起行凶，做翅膀，回到古代
重复粘贴，模仿能力超强，我喜欢你的类型

一起往远处隐居，童子困在树下
丢失鞋子，一个人碎裂，穿夜行衣
铁匠打更，衙门有石狮子，现场有闪光灯

四

从开始到开始，孵化一枚鸟蛋，像人生

从绝望延伸出去，有一头牛的性格
你种草，蝴蝶抚摸花朵，详细发给我地址

从眼角到皱纹，翻阅答案，做前世的故人
注定终老，售一把春风的琴，白发流星

从新到旧，放飞一只青鸟，有钟声

从掌心到指尖，是一次旅行，你给的
云层无常，在唐朝的戏里，足不出户

从网速折现，行拜堂礼，我们贩卖烟草

五

不叫喊，有狗，守柴门
雇一辆马车，我们赶路，做一对逃命夫妻

不看电视，我唤你丫头，递茶碗
看兵书，做好备战准备，我们使银子
买睡衣，住帐篷，修建菜园的营房
家是山寨，防盗门是我们的城

不打劫，有电器，做卫兵
挖一条通往被窝的战壕，我们一起卧倒

不鸣金，婚姻是战场，招聘洗碗工
请厨师，给打仗的各方填饱肚子

不投降，不出局，我们放狼烟
双手锁住阵地，孩子是我们搬来的救兵

六

要花朵，泡酒，在德庆相遇
要绝世武功，搭救你，往户口本上迁移
要打铁的手艺，过日子，开一家兵器商店
要山洞，供我们养老，藏干柴
要修炼爱情，抄经书，读秘籍
我们把身体拥抱成春天，呼吸成石头
请郎中，和药物结拜，随身带一份官凭路引

要跑龙套，喂马，在角色里回头
我们穿戏服，成为一对冤家，补充台词
背一只蜂箱出门，我用三十亩自留地
换你，刀枪不入的岁月

七

看水，有三个要领，在对的时候
约对的人，看月亮，容易被盗贼惦记
穿李白的草鞋，制造白雪，我们一起融化

看山川，有三次机会，在合适的天气
遇上合适的人，看眼睛，影响陷阱

看天，有三种境界，在需要的时候
见到需要的人，看背影，容易被冰雹击败

看星辰，有三寸凶险，在孤独的时候
碰见孤独的人，看书信，抒情有绝密的法门

看你，有三副武器，在一个人的时候
会遇见另一个人，看戏，适合精心伪装
买保险，进赌场，我们一起输赢

八

还有，北市的轿子，西市的马夫
借一盏宋八大家的马灯，去长安，还有家眷
贩卖土豆，赶耕牛，结识马帮，逼上山

还有，挑长江水，浇东北菜
喝京城米酒，听曲，和八旗子弟猜拳
娶亲，还有麦子煎饼，豢养一个黄粱梦

还有，远嫁的你，固守的我
续写着故事，想做贼，比什么都兴奋
偷一个人的轮廓，供奉在自己的庙宇里

还有，西湖的月亮，华山上的星辰
完成一次探索，回到起点，养马放牛种菜
塑造现代版的牛郎，原来爱情容易走失

九

原来这是结局，消失，反馈给我
追逐繁星的孩子，站在夜的废墟上，呼唤
原来这是注定，配置齐全，有铁的回声

原来是你，在敲，木鱼的法场，挥手的判官

原来牙里有磷，运送苹果，路上有暗哨
你的开场，在住地汇总，坐电梯

我是你最忠实的仆人，窗是相框，心是步行

原来你在这里，等轿子，成为热点
用直播检测我，坐返程的地铁，同演一场戏

十

我们做一笔买卖，十二点归你，天亮还我
一起叩拜母亲，坐船离开，等火车回来

我们做一把琴，雪天归你，雨夜归我

我们做一道门，如果战马来报，你替我引开
如果丫鬟唤你，有狗，我拿骨头喂它

我们做一张床，年轻归我，老了给你

我们做一对仇人，我给你买菜刀，活鱼
在厨房练兵，你许我酒，从卧室到客厅

我们做一件衣服，薄时归我，厚时还你

龙母祖庙（外一首）

□ 老农（严平主）

一片瓦，刘氏盖上
两千年风雨不透
一根香，布衣点燃
两千年缭绕不绝

一个赖布掀起乌云
天地混沌，江山朦胧
但在龙母的眼睛里，只不过是
大海的波浪
汹涌而起的一缕薄薄的轻纱

凿石竖牌，伐木建亭
所有的石雕，木雕那么自然
一刀一顿都像龙母的手势
所有的字迹那么清晰
一点一横仿佛龙母的足迹
所有的陶塑那么逼真
一定是德庆的善人
纷纷在这里转世

一条蟠龙盘柱而上
不问玉帝，不问龙王
只问三国，东晋，南北朝
只问隋唐，宋辽，元明清
一个一个心怀黎民百姓的君臣

它的每一声轻吼
都对应一场雷阵雨
它的每一声喟叹
都孕育一阵寒露风

大殿内外，花岗岩石板
白蚁不蛀，江水不侵
每一片瓦，每一面墙，每一根柱
披风破雨的背后
都有一颗永远的
龙胆和龙心

龙母祖庙顶上的雪

汉时的碎银
一夜之间闪起白光
混浊的天空
从朦胧转向清明
龙母降临人间
群山挪移
江河改道

大唐的碎银
铺在青瓦之上
不是刻意
没有言语
那么自然，庙顶白了
世间干净了
花伞成为风景

光绪的碎银
从牙缝中挤出

也是大手笔
厚厚的一层啊
白蚁畏惧
雷电避让
厚厚的一层啊
高高低低
都是参拜众人
仰望的龙珠
在熠熠生辉

龙母帖

□ 蔡挺

一朵花　冰清玉洁
春天的笑靥　照彻小村
一盏灯　洞透黑暗
简朴的瓦舍　熠熠生辉
乐善好施的温姑娘
让溯往而来的时光
仍有恒温

都说你是神女
其实是你
赋予的善意和关怀
让人觉得
天堂如此邻近
都说你能预知祸福
的确你洞透
福祸终有报　好人有安宁
赠人一匹布　温暖自己心

你在西江边濯洗　拾到大卵
一枚金蛋　一个无与伦比的大奖
五条生命　破壁而出
你成了龙母
你以身作则　言传身教
乃有真龙五兄弟
眼界远大　本领过人

飞鸟翅膀上抖落的星星

心系大爱　德行天下

你生长和长驻的地域
被人们称为　德庆

浸润或引领，龙母故乡的慈悲与光芒（组诗）

□ 程东斌

一

德庆大地，龙迹无处不在。石碑里的龙
与牌坊里的龙，那腾跃之力
能让石头获得肉身，让石头里的云雾可以流动
能刻出龙吟的人，尚不在人间
龙吟只是用来聆听的，不用耳朵，用一颗心
嵌入山门中的龙，将一卷经文，念了千年

青烟缭绕，充满母性柔弱之美，在虔诚的目光中
升腾。跃过庙檐下沾满露珠的花朵
跃过瓦片上的青苔，之后，散成一道道笔锋
在龙母故乡的蓝天上，雕刻祥云与星光

仰望天空。皈依佛门的人，看见了一纸游移的经文
参悟透了，一片云会悄然落在他的心田
作为人子的，看见了一则高悬的家训
只要领悟其中的奥义，会听见龙吟一样的雷声

二

在德庆龙母庙，跪拜的人，都带来了
母亲的炊烟，粗粝而坚韧。分出几缕，就成了
虔诚的香火。炊烟常断，香火不灭
炊烟在雨中淘洗，不改向上的升腾之力、缭绕之美
在雷电中淬火，不变的是叩问晴空的一颗初心

炊烟是母亲的一部分
母亲在，炊烟就不会瘦成飞鸟飞过的痕迹
香火之烟是供奉龙母的涓涓细流，一种反哺的雨
能轻易地翻转天地的幕帘

三

德庆，龙母的故乡。认祖归宗的龙的传人
来自五湖四海，跪拜在龙母温柔的目光中
每一个人的膝盖上都养有大海与悬崖，跪下来
会听见海啸，海啸中有未曾改变的母语

跪下来，悬崖就会褪去战栗，并与故乡的泥土
融在一起。大地收纳一个人膝盖印下的戳
母亲就少了一眼相思的虫洞
一双膝盖沾满了泥土一样的药剂
游子就没有漂泊的寒疾

四

凝望龙母雕像，每个人都会产生一种奇妙的感觉
发现龙母像的某一处，像极了自己的母亲
时光深处的刻刀和斧凿，在电光石火中
取出天下母亲的容颜，赋予龙母的安详与威仪

什么样的技法让石头与龙母的光晕
合二为一，让龙吟与母亲的呢喃，调匀成
一种行云流水的写意？我抓住一缕青烟，追溯到
锋利的斧凿在巨石上游刃有余地雕刻、舞蹈
无坚不摧的铁器，在遭遇龙母之身时，刹那间
变得那样小心翼翼，那样柔软和无微不至

五

在德庆，我喊一声娘，瓦屋上的炊烟
立刻绕成一团积雨云
娘亲隐忍的泪水，总在我忽略的时光里，簌簌而落

在龙母庙，喊一声母亲，香烛的火焰生出花朵
灯花裂，喜事来。作为龙的传人
问祖慈悲的龙母而轻洒的泪滴，媲美一场喜雨

天下的子女呼喊母亲的声音，各有不同
母亲应答的语调，有着相同韵律
一位聪慧而善良的女子，面对一枚漂泊的卵
想起那位素不相识的断肠中的母亲
替一位母亲孵化的念想与举动，印证了天下的母亲
有着一样的体温与乳汁

六

破壳的神龙，庇佑德庆的一方水土
烙满神谕与箴言的卵壳，加冕了一位母亲
龙母的呢喃与天下母亲的摇篮曲
来自一片树叶的吟唱，来自一支竹笛的清音

叩拜龙母的人，首先燃起香烛
升腾的烟柱，或散漫，或凝聚，隐射着一个人的内心
身体迂回着龙吟的人，能敲响岁月的鼓面
踩着鼓点行走，就不会迷失方向

七

母亲养育了两条龙。一条夭折于那个酷热的夏天

剩下形单影只的我，独享母爱
我不能一飞冲天，但拥有乡愁的低空
没有震彻宇宙的龙吟，却有一副好嗓子
将炊烟唤回诗行，将母爱唱成一曲天籁

今年，耄耋的母亲患上了"龙缠腰"。一条火龙
潜入她的身体，久不离去
用尽了偏方，消弭了一条龙凸起的鳞片
却无法剔除深入神经的痛与游走的风暴

母亲说丢失的那条龙想她了，遁入了她的身体
母亲在疼痛中，喜悦着
一位儿子将与母亲形影不离、血肉相融
弥补失散的岁月，共赴一轮缓缓下沉的夕阳
——在母爱的帛卷上，烙下通红的戳

八

母仪龙德，四海朝宗。修葺、保护龙母祖庙
与发掘和颂扬龙母文化
都是在谱一首曲子，都是用真、善、美、德、勤
垒高母爱的浮屠。高塔上的明灯
远处，照亮寻根问祖之人脚下的道路
近处，照见德庆的一颗慈悲心

小时候，夜晚的黑与我瞳孔里的黑
一样辽阔。我常常看见母亲将一盏煤油灯
注满煤油，吮吸着一根火柴燃烧的气味
点亮灯盏，黑夜烧出一个窟窿，清澈的瞳孔
泛起波澜。一个人的精神原乡
有母亲的身影，就有驻守的庇佑之神

银针挑亮的灯，为龙的传人驱逐黑暗、照亮未来
母亲的手法，让浸满油汁的灯芯
赴一场火。火，离神祇最近，能轻易地
褪下苍生薄凉的暗影
一炷香，为龙母的乡愁册页，点校
一簇火星，一粒真善美的文字
为龙母树碑，为龙母的故乡，立传

龙母，母性光华与爱的图腾（组诗）

□ 元业（李元业）

一

这诸多生者把她的肉身奉为神灵。香火缭绕中
慈祥的面孔就是我们的母亲。
摘下头冠，她的炊烟和故乡，氤氲成我们精神的朴素原乡。
膜拜，信仰，或者偎依在她的胸口
那温暖，是世间最美好的胸脯。
在德庆悦城镇水口，轻轻喊一声娘
一个女人，就高过了所有的雕像与神祇
她低首含笑
眼睛里的盐和粮食，隔着时间的星丛将祖国尽情绽放。
她灵巧的双手倾尽一切赐予我们人类永生
她劳作过的一粒汗水，衍生出万物的活力
一座厨房，一纸窗花，一个千层底，嵌着青春和族谱
人间的美好和香草，拾级而上，直到一座雕塑完成。
谁会细究她的命运？谁将母爱之尊镌刻为不朽？
早上从海岸出发驾着帆船直抵大海的人
从风浪中带来她赐予我们的恬静和幸福……

二

面对石牌坊下的龙母庙，我们虔诚，敬崇
一座雕塑，她受孕的芬芳胜过人间所有的温情
升华为永世的光芒。
在民间，起伏的土丘，大片的麦子
以母亲的名义让所有的王冠齐齐向眼前海域致敬

波涛澎湃，海风喧嚣，从雨雾中赶过来的游子
有没有足够大的臂弯腾出手来紧紧拥抱住母亲？
我知道每一条勒进命运的绳子
有着怎样的纠结与苛刻。我熟悉母亲的气味超过了自己的生命
我深深热爱着的人间
曾有人拥抱母亲哭泣。
生活，在每一位母亲的身体上烙下了原始的负累
相夫，教子，撑起人间烟火。她用崇高的思想来养育我们
弯下腰来抚摸乡野，农田
直到柔情之美，在尘埃中镂刻灵魂，编织母爱。

三

怀抱水声疾行的人还没有回来
母亲，已成为持守与眺望的雕塑。日复一日
点亮生活的亮光
龙母庙下，生活的波浪还在延续，母亲的脸正好可以填补被遗忘的
那部分光芒——
龙母精神携带往事与潮汐
我们欣喜地拿神性来度测自己。
多少咏唱者在缓缓垂落的魂灵中见证母爱的完整
从德庆到龙母，从母亲到乡愁，爱的卑微超越了生存和死亡。
高处的天空，低处的大海，海边的村庄和人们
牵着草色鎏金，引领蓬勃的母爱，唱出金子般的音符
时光中依然荡漾着龙母庙旺盛的血脉
一个母亲的慈祥，善良，甚至是她展开的怀抱，内心的流水
映照人类繁衍的回溯和波澜壮阔……

四

时光短促，行云流水间，赤子之心就一寸一寸地暗淡了。
一缕芳魂绚烂为民心的呼唤

河边洗衣的女子替我们指向命运的锦绣。她饱满的乳房
挂满露珠
散落的童年值得我们反复回忆。
风吹浮世，我们一同走着走着，母亲就丢失了
只有一轮明月不肯，立在这里
等着她的子女归来。月光，药片
几件晾衣竿上的女人的旧短衫
在时间绘制的巨大的图像中绽放出母爱的花纹……

龙母庙记（组诗）

□ 过云雨（郭云玉）

第一记

在德庆县，悦城镇，是虚幻
是十六座村庄，共同托举出一方神圣的图腾
小小的仪式，龙母矮下目光
那些虔诚朝拜的人们
在地理位置上，他们有着不同的归属感

我们以陌生人的身份抵达这里
圣水洗尘，仿若每个人都度过了美妙的白天
龙母塔，随善信们祈福恭请
起身时，已是告别的时辰
烟缕从大地上升起，内心的锋芒
拨动大地的琴弦，欣慰随着麦粒
随着人世间多情的欢喜，懦弱而又慈悲
身影背后，惊起的鸟鸣和泥土
是我好久不能走出的异乡

龙母庙。在沉默的时刻，虚无的钟声响起
凡是内心祈祷的声音，都被接纳与宽容
暗夜里，我又抱紧我的母亲
抱紧她一身劳累的命，与大半生的抗争
你知道吗？这是一片从未覆雪的大地
是镜子的装饰，让我们看清自己
倒映中的龙母雕像，是我远道而来的相逢
并倾听，容纳着这座小镇的鼎沸生活与悲欢

第二记

异乡人，假如你安静地到来
与清风明月两不相欠，以龙的传人来到此处
大地深处的苦汁，会在龙母庙上空
慢慢变甜。以母亲的名义
我们未曾相识，却有聚在一起的意外
每一个缺席的人，也有很好的安慰

她的传说中，淌着一条河及众多河流
孕育着人间美好，水草丰满的南方
古老而长情的小镇，与秦汉时期都城上的明月
拥有相似的光芒和命运
我们彼此站在一旁，哪怕已是冬天
东风一遍遍吹过悦城，热烈
高过泥土的草木，略带停留

一想到此，还有这首诗中的故乡
隐藏着无数的眼泪。而天下所有的母亲
都有不同的名字，一个姓氏
龙母姓温，留住所有漂泊的外来者
有人从这里出发，有人回来
穿过沿途的村落，从四月出发
一路徒劳而深情

第三记

千户人家，一条深巷
寄托在某个完美国度深处的迷宫
被我们拖进现实的节奏
在德庆，有份普通的感情就好
可我从未这样爱过，正从拥挤的悦城水口穿过

因此正获得离别的经验，直至必要
再低头时，巧妙地掩藏了
目光中蓄满的泪水

我活在低处，像清贫时背负沉甸甸的稻穗
在庄稼中直起身子，汗水淌过
干净又寂寞。多好，那时年少的内心
荡成温软的涟漪，用尽力气
挣扎在迷途中，犹如一种忏悔的祈祷
从小镇的某处缓缓而来

落日深远，落至生命的低处
是时候了，亲近每一步脚印和久别的亲人
那些行走的路，起伏的土丘
围绕我与河流遇见的一切
我像往常那样走向大海
想要靠近她，不止一次
假装在庙里，青铜雕像前回忆起一生

德庆龙母庙，信仰不息的源头

□ 晚风（卢艳艳）

一

飘过西江的云，已不是云
是穿越千年的通天梦
吹过百越的风，是伸到时光深处的手
把古藤雕成虬龙
把龙母庙的砖木石，筑成
血液中的信仰

架起几千年的道路
一直延伸到曾经
依附想象，才能抵达的地域
鸟儿继续从一个清晨驮来
一个黄昏，天空因为打开自己
而洒下星辰。昨日已逝

二

有人浮云而来，最后带着野心，逐浪而去
累了就停下吧，返回德庆——
水路广阔，可供围垦
西江绵长，串起千年光阴
沉积在珠山前

——每粒石子体内，都有一片
细软的手掌心

把你的疲惫攥紧，又散开
路网遍布啊，而你只想让
一层层，被时光之水冲刷的大地
托住时光之船。外表历经沧桑
信仰永不沦陷

三

在颠簸的车上谈论一条河
天空蓝远，目光放纵，需要一排松木
及时堵住三元塔的空洞
波浪已于我们抵达之前，暗自平息了愤怒
扭结的"工"字形水泥块扣住
一场又一场风暴

这些人头攒动的魂灵和白骨
没有五官的兵马俑
提醒我们活着，但有时需要一动不动
让岁月慢慢雕刻。
在悦城，一条江也有执念。潮水一次次追逐
又一次次放弃，去更遥远的地方
追溯被礁石打断的进化论
和沉浮史

四

船在港口整装待发，它庞大的身躯
驶得多远
大海这本典籍就有多厚重
它不断翻动，被日月，地壳，风
甚至一双蝴蝶的翅膀也可以
拍击出滔天巨浪

泥沙，盐，潮汐里蕴含的电光石火
都是奔跑的人们
从西河北岸不断起航的理由

五

我从南宋的都城而来，一步步爬到
盘龙峡山顶。没有鸟鸣
只有喘息声伴随一路
呼啸的风
流水向下，像泪滴垂坠胸前
却没能把瀑布挽留

黑桫椤向上，摇曳着蓝色天空
如果我有千军万马，是不是也会
雄心万丈
世俗的执拗不过是造就了一副
草木的盔甲

六

高山，峡谷，千年的信仰
一直在忽明忽暗的路上寻找方向
寻找属于我们的脊骨
而大片的薰衣草
开在木屋边，藏匿了紫色的梦幻
——生命的城池
往往无法抵御不由自主的开合

绿草一边生长，一边耐心等待
季节的啃啮。直到风挥起扬鞭的手臂
金林河像青筋鼓起

漂流的颠簸随着我们一步步越过险滩
被黑夜——收走

七

我唯一确认的是，时光也老了——
这些年，一个人在黑暗里，有时我
试图奋力修复，决堤的大坝
有时，却逆水而上，任急流冲刷
任巨浪拍打。仿佛要揭开信仰之河
奔涌不息的源头

我们都不甘心被困。左奔右突后
以为终于找到一个出口
以为推开门，就是整座森林
一大片海
或者，一块另辟的疆域

八

现在还能找到吗？在悦城
我看见一个全新的世界——
不得不说，我还是喜欢
你千年后的最新模样
这是我这一刻，唯一确认的事

飞鸟翅膀上抖落的星星

龙母故乡，文化的流韵和荣光（组诗）

□ 沙秋（李润辅）

一　在龙母脚下点一盏心灯

只有走过德庆，你才会更深切地领悟
母爱源远流长的根脉，如何真实地在世间繁衍生息
每逢五月初八，那些虔诚而圣洁的拜谒
在缭绕的香火中，不止一次找寻灵魂的归宿

那些暗藏的心结，包容的风霜雨露
被神塑禅定的襟怀无声收纳
诸生回归的初心，莲花绽开，静待谛听一位母亲慈爱的教诲

龙的传人——庙宇前每一颗驯服的内心，都接驳出龙母威仪下的温
顺鳞甲
龙母被赋予灵犀的抚慰，如一片片萤火虫飞舞的薄翼
照亮怀抱希望的寄托，轻轻拂去人世间曾经蒙尘的过往

秦砖汉瓦的尘嚣抵不过龙母几千年望穿秋水的目光
哪怕流年走尽，游子的背影已经渐渐变薄
那道柔软的坚持还会弥合在心里，照亮远方
离开红泥小火炉的远乡，母亲是一盏微弱的光亮，成为能够温暖心
灵的永恒意向

二　德庆学宫，走近古老文化的流光

扫洒明净的圣地，以四根玄虚的立柱
伫立起古郡以学悟道的城郭

历史的功名盛衰碾成万千尘埃，与湮灭在厅堂的读书声一起，在斗
拱檐壁间寂静蜉蝣
圣人厚德载物的行辇，在午后的阳光里闪出一片黄金的流痕

微醺的清风，沿着一只蝴蝶的翅羽，引渡《春秋》《诗经》的古老篇
章
一片缱绻在窗棂上的璀璨光影，凝成一束修身、齐家、治国、平天
下的抱负
浣洗出内心清晰的流向，在深邃的历史长河中
击打出一圈圈影响深远的涟漪

我不能完全洞悉，仁爱、德行迁徙的里程有多么深远
何以在九百年前，就奠基了南中国恢弘的儒家殿堂
盛世氤氲的华夏文明，让岭南绵长的历史和中原文化在此
碰撞出悠远的回响

一个朝代的凋谢会成为另一个朝代的养分，生生不息
总有一些心灵的纸鸢在沉淀的文化里野渡，甘于寂寞

三 这是一片钟灵毓秀的胜境

我看到蟠伏的山峦
绿色叠嶂的鳞甲正静静隐遁在一片雾霭之中
丰饶的草木用饱满的墨汁尽情挥洒
浓墨重彩描摹着新时代构建的葱茏

在盘龙峡，在三洲岩，在玉龙寨
缱绻已久的花蕾尽情舒展，这一刻已然蓄势待放
流瀑倾泻的隐隐涛声，倾诉着山川充盈而富足的磅礴情怀
疏淡有致的鸟鸣梳理出湖光山色别样的诗意
高低错落的建筑流淌着阡陌城乡婉转的音符

我看到血脉里偾张的龙的激昂
在砥砺前行的道路上始终高扬的触角
手工作坊的摇篮催生了工业的参天大树
瓣瓣金橘汇聚的枝丫，如同点亮幸福的万盏明灯

搭上粤港澳大湾区发展的快车，科技引路、信息助力的号角
穿透前方迷茫的雾霭和阴霾
文明城乡历经了翻天覆地的巨变，沿着西江的北岸
洗净碧空，堆砌丰饶

宜居的乡村，雉鸡在香樟树下傲首踱步
白墙碧瓦的民居，从唐诗宋词的名句里脱模而出
在这片青葱欲滴的土地
一砖一瓦，一草一木
都舒张着岭南山水钟灵毓秀的魅力

雪赶往故乡，谒见龙母（组诗）

□ 水草（杨俊）

一

心站在山顶，烟云缭绕
陪一尊佛化去人世间恩怨
用了一座庙的时间
抵达满眼葱翠

一条江出发，经过
雪下在北面，重新认识
母亲，火热的太阳
照临四季，冷风从海上消弭

湛蓝染遍天色，水一样的柔情
比思想更先接近初心
红旗的红，与血脉同根同源
我们喊着同一个名字

——母亲，母亲
怀抱里都是你的荣耀
都是龙的传人
每一次啼哭，都那么嘹亮

二

谁都不允许，山无穷尽
神话赶着雪来

其实那不是雪，是白茫茫浪花
坐禅，以母亲无穷大胸怀
如此毫无顾忌
将烟火嫁给冬天，我曾踏云

愿这片土地，保持生气
于水流长，以为镜
照见万千俗尘
泯落，积升，万物清明

可以放弃天空之下，任一条路
通往密林深处，佛道儒理
成为一种情怀
草木终将老去，老到落日
顶一片雪膜拜母亲

三

置于一座庙，一座内心世界
行草礼，点炷香参悟
黑陶的白，比任何时候都白
捏土成形，江湖不老

吹阳光，火跳下高度
凡事都有根
来自娘胎的记印，可以
百年，千年，世世代代传承
美丽故事，从遇见开始

一程山一程水地往回赶
待到大地飞蝶
一只只，一片片逐风

逐溪河。总有一方热土
受过这圣洁

四

南方，乌桕树逃出霜雪
引鹊来，引众生平等
那层层叠叠的云
早一步，让你我沉默
悟不出的死，有三角梅
为生而生

围在山野的瓦屋，高楼
不必为此耽搁
大雪赶路，最干净的诗句
献给山寺后桃花
隐埋在心中，只等春风来

将一切放下，将风雪放下
面朝大海，花开靡靡
高举大旗，大船驶向远方

每一位母亲都是龙脉的故乡（组诗）

□ 林馥娜

在悦城

在龙母故乡，群山的怀抱
有母性的葱茏

浈水，杨柳水，西江水，悦城河
四水归堂于尊前
臂弯里育成的潜龙，腾起于身后的五峰

慈悲的宽厚恩荫
溢出岭南，泽被四海
民间香火所擎起的神祇，正是德行的化身

龙行天下，祖庙根深
五月的龙母诞归客如云
山环水合的母性如岁月涵玉，温润了人间

每一位母亲，都是龙脉的故乡
每一条龙，都是人格的升腾

金林水乡

在官圩镇，无人菜圩
具有诗性的自由
予取予给的天然交易
先行于智能化超市的未来设想

朴素的仁义与踏实
自有穿越时空的智慧
正如熟谙古法造纸术的古稀老人
在四江汇流之地，以日复一日的劳作
传承"打浆"工艺的自主改良
物质与非物质，均是满目
绿油油的时蔬
供奉于乡间的起居饮食中
细味处，日子盎然溢出
砂糖橘的甘甜

德庆的声响

一

编钟重新奏响敲击乐
古老的学宫，再次传来源于古昔
应时自新的诵书声

站在泮桥，旧时倒影于泮池中浮现
那个少年时穿过进贤门
在学宫仰望浩瀚的我

越过平行空间，成为大成殿檐上的陶塑
在诗书声里逢新朋遇旧雨
蓄纳书卷与天地间侘寂的浩然

二

瀑布群在盘龙峡上演凤翥龙翔
水分子氧离子扑面绕脖
唤起你囿于都市中久违的激灵

水车王国的 102 架车盘，宛若
时间的齿轮，咬合着日月的轮回
水有跌宕的宏阔，也有推磨的细碎

在平淡日子里，切换一支激越的弗拉明戈
轰烟岁月中，退守水车边的清响
于命运的水口，握紧生死契阔的十指相扣

三

在这里，你将看见
色彩的极致在这里泼染

天空铺展出克莱因蓝
薰衣花海捧起连天香芋紫
竹篱粉悬挂如绸的稻米白
兰花广场的奇卉绽放着色系的斑斓
四十二座水库怀抱翡翠的碧绿

在德庆，多彩是万物的交响
每一种声响
都唱和着母亲们晒秋的金黄

龙母传说（组诗）

□ 冰燕（冼冰燕）

一　母亲

夜色，逆着水流而上
越往上流，越接近神祇
一个传说随同巨蛋诞生善良与美丽，安康与吉祥
我的童年，安坐在摇荡的船
月色与浪涛轻轻拍打着船舷

我的母亲轻轻拍打着我的睡意，温柔如月色
逆着水流而上，去接近另一位美丽的母亲
每一位母亲都是神，慈悲地抚爱着她怀中的孩子

黎明来了，悦城就到了
晨光停靠在西江边上，守护小龙的母亲停靠在西江边上
我的母亲停靠在西江边上

青砖墙有秦朝残余的夕照，墙角有泉水潺潺清澈流下
圣水祛除暑热，痱子，疫症
赐予人间的康乐，龙的母亲从不吝啬
我的母亲穿过拥挤的人群，穿过缭绕的烟雾
她轻轻跪下，抚过龙母的榻
为祈求孩子的平安，凡人的母亲甘愿伏下身躯

二　愿望

我们有遥远的愿望，托起漫长的道路
香火燃起，蒲团等候着信众的膝盖

只说给自己听的祈祷，神明也会听得到

环绕着小镇是大地母亲的乳汁
她孕育的儿女为着愿望走出去
又为着愿望走回来

花岗岩铸成的牌楼，沉重
背负着秦时烽烟而来
石榫卯准确地嵌入岁月，紧扣山河

无论他乡是何处
地图上，龙母庙是一枚指向南方的针
始终提示正确的路向
根源，历史，信念，从不会迷路

风是一个象征，旗帜在轻轻挥手，然后又轻轻招手
香火与烟火都在指尖消弭

三　生命

信奉虔诚，生命就会得到庇佑
火燃亮火，灰烬覆盖灰烬
江水托起木盆，托起鱼群，托起龙的传人
祈求雨水，祈求日照，祈求一切都如期而至
日复一日，年复一年

雨孕育河，河孕育庄稼，庄稼孕育人类
周而复始，繁衍，生息，延续
生命在上浮，下沉

所有女人都是母亲，柔软而坚韧
龙的母亲
瘦弱的肩膀，背负着整个苍生

龙母之光

一

天光初开，母性的羽毛浪花般轻盈
那铺天盖地的慈祥，是黎明席卷了德庆

龙母乘着流水的韵脚，着墨于尘世的悲怆
一幅荡着烟火的凡尘图，有着雷霆平息后的启示

二

正月初四，时光的账簿上有了黄金的
光芒，是龙母把嚓亮的旭日添加了神的咒符

面对浩瀚的人情世故，我们已不能自清
只能给美好的心愿在龙母的指引下钤印

三

金黄的面包给普世者带来精神的慰藉
一群饥饿的羊在暗夜撕开了黎明的衣襟

正月二十二,一本无字的书被打开
黄金的纯度再一次拷问着情操和贞节

四

五月初八，龙母的恩光呵护着每一道伤口
一切得以拯救，好像每个人重生了一双天使的翅膀

"止于骄淫，生活才能温暖下去"
得到再多的恩赐，我们都没有理由篡改初心

五

此时，祥云和善水作为龙母的使者
在西江沿岸，与肉桂、巴戟天、何首乌

商讨一帖济世的处方，午后的德庆
弥漫着细微清淡而又浸润着母爱的草药味

德庆吟或者龙母庙笔记（组诗）

□ 苏真（兰灵艳）

一 石级码头

码头上穿着大衣的皈依者
怀揣一根根炭火。灯塔陈旧
阳光照在船与风帆上
借用诗词写下恩泽人间的风韵

从认领第一个石级开始
密谋带着沉甸甸的乡愁
探寻那滚滚发烫的色彩。我们都是龙的孩子
骨头里的白从荒凉，到烟火人迹
身躯如尺，丈量人间冷暖，也丈量春秋和旷野的距离

拾级而上。待到两岸灯火渐浓时
一群人追赶着体内绽放的青春
三江汹涌而至的潮湿，葳蕤了石头与石头间默契
龙母，我懂你为谁活着，为谁一夜白发

——你身上的诱惑，全然都是脚下大地的歌谣
一粒感恩的字词，不自觉冲出诗意的防线

二 石牌坊

回不到故乡的事物
喜欢把病例隐藏于夜晚的缝隙
晨起的雨水，顺着一根根线条

又浓密又空洞

站在牌坊的对面，飞鸟沉默
清洗过断刃在阔达的石刻上
留下的伤口，落满香尘与寻根的热望
曾经是曾经的沧海，浮沉是空山沉静的回音壁

脊骨的身世，是龙子龙孙为龙祖写的赞美诗
风吹过，碎裂的石子没了朝拜者的脚踝
放学的孩子们把浓浓的诗意做成拓片
还给为牌坊写下悼词的潦倒书生

三　山门

浅风拉低天空的颜色
山峦重启，轻轻抱住静谧

漫长的风雨成为皮肤习惯的记忆
相遇与告别都是经过深沉的一种加持

背对的光阴，暗含刀剑之声
我需用九钱的空，灸烫还未熟透的蓝
才可以安心在此地抚育
而根深蒂固的绿，才是这里唯一的王者
更适合执掌这里的沟壑与河水

四　香亭

试着用莲藕替换骨头里的白
海沉木生出华发，逢春长出新芽
是德庆人种下的修辞
掌心里横纹溢满泪水和雨水

讲学的公子穿的棉布袍衣
走走停停，全凭三寸春光用烂的药方

坐下来，与黑桫椤握手言欢
告白的词语软下来，紧紧贴在额角
拐弯处的林木，抢先注册
风姿和神圣的品质，已经留存在我的诗篇

五　正殿

雕梁画栋，木雕、石雕、砖雕、灰塑——
整理香案上的供奉如同整理姓氏里的慌张
我们用肉身检验，而隐藏起来的灵魂

仿佛是今生与来世的月光
那么纯洁，那么白

龙母，低眉地明媚，温暖如阳光
万丈柔情。而我们在这里被岁月托起
和谐的碧波已经把心灵净化

六　两厢

人心凹凸不平。雕花的两厢
精致着归来后的苍茫与慌张
在此刻，灵魂里的皈依长出阔大的筋脉

——在这里，人们将内心的风暴
整理烫平。幽兰和碧绿重新占领
我们朝拜，安抚雕刻里每一个石头的宿命
劝他们博取功成名就

飞鸟翅膀上抖落的星星

在龙母庙，每一个雕花都是我的兄弟
谁能喊出我的名字，我就敬谁一杯

七　妆楼

多好啊！坐下来的时光
把影子里的蓝斜插在鬓边
用流水的回音为自己化一个烟熏妆

找一只新竹，把对镜的忧伤
编成四处漏风的提篮。使命里的风暴
正在酝酿，我必须拿出命理里的刀剑
才能画好一对卧眉和腮边的红

再一次坐下来吧！有风雨的日子
正好适合怀念和规划。为未来养大的野心
充满阳光和冷月的缠绵

八　行宫

在每一粒种子背部刻上姓氏
在它们归来与离去的路上，标注风雨
我粮食一般的亲人啊，我要用怎样的修辞
葱茏诗词里的江山。德庆，在他乡每次想起
都会醉在辞行前涌动的波澜

启程吧。带着此刻荼蘼的花香
格调着杯盏里的祭奠
毁灭和重生。我也是龙母的孩子

身体上未曾上锁的抽屉
那是我在承认我孤独的内心，临行时需要装下这里

装下这行官庞大的诗韵，和永恒的不朽

九　龙母坟

就这样吧！我们就让这里的草，收去骨头的软和杂碎
收拢蝴蝶和蜜蜂，收下卵生动物捧出的肋骨和果实
让流水里的石头落地生根
龙的图腾在阶梯上为我们画像
光阴的天池从来没有干涸过

在三元塔里住下的游僧放下了那只裂钵
我灾难深重的母亲啊！在德庆写下博爱之按

落幕时的孤独是一纸无言的修饰音
开在坟头上的纸花煮过光阴的流弊
而每一次风吹就像一次礼拜

流水潺潺，山水之间我们仿佛婴儿又重返母体
得到了大地的悲悯而无限依赖
只带走坟前的草籽和荒芜吧
我们无处可藏的溺爱与慰藉
退于坟头上炙热的一束光
以此我们抱紧尘世的喧嚣

众 水

□ 冰岛（王月华）

一

我从古老的东方帝国，巨型庞大的都邑森林般的楼群中走来
从北到南穿越了数十个沸腾的城市和大片宁寂的农田
从冰封千里的北国到花开四季的南粤
一件一件脱掉沉重的铠甲，肢体像骤然升起的山恋
一个蒸汽机车头经过短促的轰响，然后在冰冷的
铁轨上滑行、穿越。是的，我是众水中的一滴
我凝结成了一个几何体的冰块，冷空气在我身上
将每一声铁的声息锤凿，没有发现长吁短叹
大北方的冬天，众水是一个凝结的物理运动气象学的一次大考
每一滴水，每一条河流都是一个失声的世界
静卧不动，沉默地蓄积，冬眠是梦在流浪

二

是的，我是众水中的一滴，我从天上来
是的，我是众水中的一掬，我从地心来
来到龙母之乡，来到一个温暖的如春的南方
一个人生际遇里的别样风景；花里滚动阳光，水里飞鱼光灿
百里春风浩荡，万物蓬勃苗壮
我赞美龙妈妈
赞美粤西这片肥沃的山川，也赞美我自己
曾一次次地穿越跟随女婿，我们把面孔一起朝向阳光
朝向红土、黄土、赤红土、石灰土
朝向山地、水地、菜园地、稻田地

龙母之乡，春季是一个多声部组合

夏季是一个多色彩集成，秋季，一个成熟的大海

在它的怀抱里蓄满了锣鼓，而冬季

龙妈妈让男儿成为男人，让女儿成为花朵

在龙母之乡，我和众水一样

骨髓中每一个原子都是一个物理运动的一个天体

血液中每一个分子都是一个发光的晶体

它们面向太阳迎风而泣

它们以滚动的形态告诉世界，古老的东方

龙的子孙在红色的盐粒中剪纸、图腾、锄禾、祈拜

它们对一只蚂蚁的巢穴给了无息的贷款

它们的天性是奥陶系赭色碳酸盐

有着蔚为壮观的神性，善良的人性浪漫的真实性

众水燃烧，众水奔腾

佛道和宗教哲学与神学理想和信仰

喜欢肥肥的圆润的牧鸭，雪白的羽绒和橘红的鸭蹼最有韵味的水中摇桨

这是众水中一幅最美的画面

三

而春天就在我们的附近

而钢与铁仍托着红日的牙线

输送鱼和谷物

给予鹰和几何体

龙妈妈，我是水，我是冰，同时我还是火还是光的鸭体

是天上的雨水一滴，长在秃鹜的爪子里

是地上的莲藕一节，长在泥淖的黑里

我是断崖飞瀑中的一条，在众目睽睽之下完成惊人一跳

我是脱离长虹饥饿的一滴，我在飞

是绝壁的音响

是山缝的隐雷

是地下黑暗中的泉眼

是冲开的断壑

是吊瓶静静的雕刻

是鱼们的根

是草们的命

是婴儿口中的慢板

是母鸭的舌饮

是的，我是众水中的一滴

是芳草地，是太阳蕾，是落花情，是润湿石头的脐带

龙妈妈，我是水，是慌乱于火堆里边的水湾………

四

是的，龙妈妈，我是男人，也是父亲！

是灵魂和肉体捕鱼中的一个细节

我和众水一起组成精心显示的平静和劳作的图像

我是我自己的一块冰呼出的气息

有时会秘密返回喀喇昆仑冰雪众生的世界

和白头的山猫深蓝的天空，倒退着回到混沌初开的白垩纪

有时会从床上高高地蹦起来，欣喜地为黎明的太阳在明亮的玻璃窗
上醉舞

我的肺里储存着大海赭色的信息和岩石的珊瑚红

绝壁上的鹰巢是众水的一个故乡

我和众水横移一座海平面，让太阳削掉阴云

我们排队进入远古的仓房，与龙妈妈一起下地播种

公狼扶犁母狼织网

我和众水收拾猎物，那是一组穿草裙的动词

狩猎比猎物还小心

比一头饥饿绝望的苍鹰还热切、骄傲、沸腾、重塑金焰

是的，我是父亲，我是男人

零度以下是固体

零度以上是液体

多毛的液体，图腾的肉体，争辉于日月，卑微是让血液沉淀
我刺肤的文身是数学中的平方根立方根
我的放浪形骸是语文学中一个宾语的暴动
是化学中的盐分解
是物理学中一个原子的核裂变
是历史学的一次发掘
是地理学的一次测勘
是音乐课堂上一次完美的猿啼
曾经有过热血换青春的麦收情节
我是男人，一个不太称职的男人
曾经从忙碌的态势中
分离出相反的物质
一部分是好的，一部分是坏的
龙母之乡，凡是众水抵达的地方，我也同样抵达！！！

五

龙妈妈，我从一个拥挤的大都城走来
除我之外我居住的地方会聚全人类，人群人种中最精华最精粹最精
纯的人
我从这个通都大邑彩色的大拼盘古都走来，我和他们
不在一个等量上
他们推动太阳系一如推动碗中的一个米粒，而我
是鱼唇吹动的一个水泡，为水留下的一个指纹
我拥挤在众水中间
每一个瞬间都看到大千众相的我们浩浩汤汤
每一次夹持都能听到喜鹊和乌鸦争夺光源的一次音响的厮杀
龙妈妈
我在龙母之乡转化为水
我在龙母之乡异化为泪
我在龙母之乡同化为露
是啊，德庆，龙母之乡我是众水一分子，我赞美众水

一同组成宇宙的交响

一同演绎花与果的雌雄失声，猎物与被猎物飞翔的天空

我是冬天冰雪的宠儿

我是几何体、物理体、化学体，有时圆形有时矩形

我乘云雨而来

我驭骄龙而来

但我也是夏季池塘中，一只青蛙嘹亮的血喉

德庆，龙母之乡！我愿众水相聚的地方

一二三产业像龙一样腾飞，让骨头疼的产业也能飞出翔龙

是的，龙妈妈，我是众水里的一滴

我和一只蚂蚁，一棵小草，一个露珠，一只小鸟组成五类分子

我们也曾扯过红艳艳的朝霞

系在脖颈上，我们管它叫——红领巾

然后仰头跟着上升的国旗高高扬起右臂！

黄昏，在龙母庙

□ 辛夷（张泽鑫）

此刻，牌坊在虚构遗落在方志里的传说
女子的吟咏声，有爱的河流
石卵裂开，她以母亲的身份替人间
豢养了五龙，和流传在大地的善良

极目处，西江的柔软使你放下满身尘埃
在风裁剪的黄昏中，尝试以宁静返回
秦朝的江边，听她用歌声哄睡满江星宿
看她把月亮移植体内，养成大光明

漫过你心田的潮水，正追逐远山
江枫、渔火、扁舟，需要借助时间翻译
才能让从前陡生的孤独在另一个人眼里
析出原乡的盐粒

四面八方的风都在涌动
地球上的黄昏总是那么相似
所有母亲都身怀成圣的绝技，却只想
在暮色中，用朴素校正孩子内心的歧途

龙母大辞（组诗）

□ 山夫（孙凤山）

一　龙母精神雕琢的神祇

德庆用西江穿透历史
历史烟火在龙母矮下的肉身里复兴
爱满西江，感悟人间蓬勃的心跳
捧起无声的岁月和有形的乡音
我眼眸里的龙母庙香火正旺
"佑我中华"以一座庙的千古高度
践诺祈祷，领衔盛世光芒
将人间凡尘置于历史最美的段落

在龙母祖庙，我们叩拜时
一炷炷香火正举手发言
生长的香烟缭绕龙母精神和漫天星辰
纯洁、唯美、践梦，拒绝任何杂质
收藏饱满的心事，布施神祇的图腾
与世界保持一汪西江水的距离

在西江岸边，龙母用一身的筋骨
淘洗悲怜的思想，开启雅致和文明的荣光
在通往内心的经脉和烟火里
我们首先选择一个会闯关的思想河流
一关自带龙母畅流的血脉
盛装岭南万顷锦绣与江山万里辉煌
雕琢人间净地美学与生命哲学
以母亲的名义还原一场春天的盛宴

龙王祖庙以十万顷香火揽我入梦
文明，是一座城市、一片区域、一个民族
乃至一个国度最健康的本质
龙母执掌的中华大地用西江水
洗涤了多少沧桑，打包了太多锦绣
滚烫的勤劳自带春天的顶配系统
解开胸口的充沛，释放胸怀的博大
哺育东方文明，豢养南方北方
我们携手拥入怀中，吮吸民族的魂灵

二　龙母祖庙加冕的护佑

请让我学会跪拜，深入龙母祖庙香火
用虔诚与祈祷打磨民族精神
龙母精神血脉里伸延的不是播种
就是收获文明，抑或救赎逝去的时光
四海朝宗睁开神祇诱惑的眼神
在德庆穿越时空，加冕护佑
碑记庙志，就这么给千古祖庙
挂上西江勋章、岭南绝响、世纪表情

在龙母祖庙，从石雕里提取人间沧桑
用一炷香火换取一身的热量
砖雕、木雕、陶雕，从未理会季节的凋谢
时光沉浸在时光里，积攒龙母思想
唯有香火用新时光救赎旧时光
所有的雕刻都是香客的第 207 块骨头
没有雕刻过的河山，再怎么大好
也不过是一张流浪的经纬网

石牌坊耸立龙母呼吸与西江潮音
以山为舟，划动海一般的经文

抵达人间烟火每一个码头人生每段航程
山门敞开面阔五间禅意与佛的点化
香亭的蟠龙石柱深藏龙母希望
龙嘴里滚动世事风云的辽阔
大殿里卯榫结合三生三世的祈愿
即便偏离航程的人，也能重新校正航向
在庙宇中与走散的自己相拥未来

点燃一炷香火，燃烧自己
每一次面朝龙母呼吸，都有根须的回声
内心朝拜的龙母，一再校正魂灵
从养蚕到织布，从丝绸呢绒到化纤混纺
纺织精神轻轻地捻亮体内的灯盏
哪一段路不写满创新改革与百折不挠
从岭南文化、马桥文化，到良渚文化
哪一段路不万花筒般迷离
闪熠五千年中华文明史光芒
龙母祖庙加冕的护佑，让我掌心朝下
奉献一生一世真谛，定格生命之美

三 龙母故乡加持的静美

西江一直是苏醒的，德庆如歌的行板
流淌博物馆的汉唐气象、炸狮的当代潮流
龙母祖庙打包了朝圣，岭南都害上了相思
落地项目使劲拔节，那是春天的故事
根植产业园区、美丽乡村，在黄金水道返青
我深信龙母功德精神，滋润过世纪曙光

点击岭南、德庆，立刻会弹出龙母佳话
为国为民情怀让德庆高度一下高了千百年
龙母祖庙在辽阔的功德中还原一场春天

龙母为我们加冕护佑，母亲围上围裙
她们眼眸里的喜悦都源自一条西江
祈祷从德庆践诺，我们放牧远方
母亲与龙母在祝福里合二为一

左手诗歌右手项目，一抬头是德庆高度
奠基百般传奇，豢养千年风云
风雅盛装天下富贵，高楼打捞人间乡愁
产业集聚、乡村振兴沉淀了太多涛声
生命的光芒在祖庙返青在程溪书院反弹
红色文化领养绿色生机，以远行的时光说话

德庆崛起千百个项目，上天入地的气势
把功德刷新。沉默的都是诗歌和心的远方
俯瞰世界，领衔所有惊喜和万千气象
春风漫过多元发展，阳光从黄金水道漫过
南方诗歌节溢出的春风，点燃三大产业光芒
绽放的是德庆气象，苏醒的是世界目光

在德庆，叠加西江的坚韧与岭南美
地球原本是一只碗，龙母精神就是一种融入
唯有南方诗歌节绊倒亢奋的春风
龙母故乡打开世界之门，春天到此不老
在护佑中确认四面八方来路和五湖四海去向

岭南文化一举一动，在诗意项目中播种
项目拔节，风雅结果，不是养心的佛
就是养身的道、养性的禅，抑或养国的儒
在祖国的龙母祖庙一脉相亲代代相传
我以龙的传人身份在这里寻根问祖
我已看惯了香火的影子从护佑中升起

一庙蓄满向上的力量香远益清
熏陶我，感染世人，引导世纪朝圣
龙母故乡加持的静美与节操
悄然擎起昂扬的身姿，惊艳了遍地山河

梦至龙母德庆（组诗）

□ 淡雅芸（刘晶晶）

一　启程

流沙于指间细细地滑落
窗扉轻摆着串串风铃
芳花蔓草在心灵缠绕
晶莹剔透的露珠
伴随潺潺的清泉
洒落缀满梦幻的人间
午后阳光正好
品味香茗
尽情阅读浩瀚如烟的书籍
将目光定格在龙母德庆
你同我
诉说心境的跫跫足音

二　梦回金林水乡

你有簇拥着千年历史的古村落
在笔锋中徐徐书写优雅的画卷
金林水乡的盛誉
你绝非浪得虚名
庄重古朴是你简单
而极富深意的写照
我聆听昔日
穿透岁月的讯息
我驻足充盈了

文化气息的泥土
只为寻觅星空稍纵即逝的慰藉

三　梦回三洲岩

凝视着岭南摩崖石刻
三洲岩在我脑海中朦胧地显现你神秘的外衣下
珍藏人类的宝库
即使肆虐风涛的侵蚀
稀疏的文字身后
依然独存岁月静好
烟尘迷眼却点缀
亘古从未消逝的瞬间
谁及你漫溯的时光真谛

四　梦回三元塔

书生苦恋的仕途路在何方追寻随平淡日子洗礼的三元塔
是你给出最好的答案
屹立在古代求学者
灵魂的深处
步步高升美好的寓意
让千古祈望唯存在历史漩涡中
你纵使绮陌九衢
仍旧坚定信念
峻山险峰
你双眸行吟金榜
飞黄腾达
好男儿志在四方

五　梦回德庆学宫

勾勒春秋战国的回廊
德庆学宫独树一帜之旗
在历史刹那间
儒家思想洪流中高耸
古老悠远的孔子辉煌
从未凋零高歌瑰丽的文化曙光似兵荒马乱诞生的琼浆
韶光不息
记忆隧道里永恒闪耀

六　梦回今日景致

古往今来
时针走至此刻
盘龙峡生态旅游区
与花世界生态旅游区
是你在仙境中赫赫有名的缩影穿越至今现代文明浸润着你
纯洁的槐花悄然于心田盛放
闲暇片刻
我不愿酣眠
时代气息扑面而来
亦如现实中享受诗意人生

七　梦回龙母祖庙

蔚蓝天际蒙上漆黑的眼眸
繁芜的自然美景深眠
流萤漫天飞舞
夜阑时你斜倚在暮色中
黯淡中透露希冀
令故乡羁旅的游子

伫立在龙母祖庙前
热泪打湿了衣襟
归人抚摸着蔓延有青苔的台阶
并且静静端详映入眼帘的苍穹耳畔回响着
鸿雁掠过却未有的痕迹
但花笺无法隐喻
内心方向的文化基因
及河清海晏的远方守望

八 暮落

我乍醒
梦一场
在荡漾的涟漪上
你铺展了盛世的绚烂
于依稀的氤氲中
你在湖畔萦绕其间
遥望皓月繁星
你遗留古今火焰的碰撞
远处涌过你婉转的音符
你在回眸一笑中奏响新时代的宏伟篇章

与龙母书

□ 何军雄

像是母亲佝偻的脊背
弯曲成一把弓的姿势
在德庆，慈悲的怀抱里
那个温暖过我身体的人
走在夜色的前面
面颊被冷气包裹得严实
借着月光，只能看清
母亲的两只眼睛

在故乡，说起龙母
和小时候娘叫我的乳名一样亲热
心里暖暖的，如同喝了粥
冬天的严寒就要过去了
北方的天空依然飘着雪花
我在尽情地堆着雪人
我怕这场雪融化了
属于我的童年也结束了

我还在梦中呢喃梦话
说龙母是王母娘娘下凡
祥云掠过德庆的蓝天
凤凰在山头展翅
梦醒时分，晨雾弥漫
顺着朝阳的影子，一个孩子
在龙母找寻失散多年的母亲

飞鸟翅膀上抖落的星星

龙母四调

□ 于小尘

大石调：母亲的故乡

一座庙宇，高出我平视的人间
湖水早已融进血脉
倒影里荡漾的月亮
会不会成为命运里轮回的我？
沿着体内幽暗的曲线，托出山川。明月
黄皮肤黑头发的孩子
在鳞状的岁月里诞生

我还在等待一个故人
他可能是皇帝，僧侣，也可能是诗人
我将用我们
这样的词语表达
内心的轰鸣。以及一抔故土所承载的风雨

伤口犹如齿轮的转动，黑夜隐匿其中
哪怕描述一片树叶
也会把泥土瓦解成钝角的水

想象里的命运之路，和一段木栈道一起
指向夜晚的星辰
我说出母亲的音容，像说出一枚枚太阳
从一粒粒成熟的种子里林立而出
慈祥的眼眸落下
五千年的长路从内心铺展

娘跪在龙母像前的样子
像一只蚕卧在雨后的桑叶上
她交出了火焰和锋芒
黄色肌肤一寸寸贴近黄色的土地

双调：你爱的人间

你借用母亲的肉身，赋予我生命
血在我的身体里蜿蜒
你在华夏的骨头里，孕育星光
一粒粒跳跃的汉字，解开绳索
从繁到简，由古至今
每一页月光都是母亲在上，山河常青

你的华夏经历了那么多
像母亲生我时，将身体的阵痛
兑换成一根根坚硬的骨头
撑起我柔软的身体

伏羲选百兽为火，烙下龙的图腾
山河不断重写着：我们是龙的传人
火种也是在这里种下的
燧人钻过的那截树枝，一定受到了你的点化
才能从烤熟的食物中析出智慧
从荒野里取出烈日和时间
人类从这里动身，去践行龙的誓言

商调：骨血如雨

鱼眼一再深邃，像陷入不同的星空里
黑夜一再后退，直接退到白昼里
我用汉字打探着流水的秘密

时间在岸，被一行行诗句画出眉骨
夕阳素月，都在讲述着离合
那些和龙母有关的事物
都在故人留下的文字里拂去哀伤
万物之上，天空从来不空

辽阔的故事已凝固成草木
颂赞的人献出雨水和麦田
栖居在德庆的乡愁那么深。骨血如雨
五千年的光阴龙飞凤舞

一个又一个母亲老去
一个又一个孩子成为母亲
成为她，成为我，成为我们

春秋洗白了明月
我静默在你的塑像前
每一秒，都是无声的吟咏
我把母亲安放在你身前的祈祷
叠成我随身携带的故乡

每一句被风吹过的语言，都是
记忆另一端，血脉相认的信物

越调：游子归家

依着一场雨靠近你
第一缕曙光升起时，文字尚未抵达
干净的流水就要把沧海带走
流走的岁月，正在以母亲的名义归来
穿过苍穹下的人间

我站在桥上，读一封童年写来的家书
隐匿在文字里的温度
让我在中年的潦倒中，走直了
一段陡峭的人间

抽出远方的暗蓝
黑头发回弹出浓长的乡愁
时空老了，万物寂灭
时间化成枯骨
你是唯一飞过沧海的长调

一身曲折的意向
血脉沿着——败亡的纪元和朝代
成为永恒的图腾，成为手中
通往故乡车票

冬日的街头，谁把风雪卷起
为我扫出一条回家的路

人间冷暖

人间冷暖（组诗）

□ 紫藤晴儿（张楠）

买来的热带鱼

那么小，又那么轻
像灵魂一样在水中浮动
很难用重量说出它们的样子
它们又像一个小小的天体在各自旋转
共计六条，花费了十元钱
它们带着活水一同走近我的生活
小小的陪伴在它们毫不知情的游动中
它们摆动的尾巴合欢于我的心
在它们的身体上我找到了短暂的欢愉
只是当第二天我再仔细去辨认它们
四条小的，两条稍大的少了一条
消失得无影无踪
水照常清澈着，我也看不到它们的尾巴能泛起波澜
是水面过高
它跳出来了吗？窒息于它的呼吸成了我的罪过
在一首诗里忏悔
在无望中对白，它可否能听到
要隔着水面去爱剩下的它们
它们轻的更轻的游动就像圣经传来的梵音
我学着赎罪
也学着生活

芒种

这个时候有了成熟的果子，也有还没有落入泥土的种子
万物有序
我的父亲会提前准备一些玉米、花生
要把一年的耕种趁早布置
他通常是和别人合作的。父亲像一头牛在前面拉着铁犁
泥土如波浪一般新翻出来
你也会发现泥土在深处也会有光亮
凸现着大地的深情
劳动的场景无非如此
父亲的热情高涨
他的内心也有许多的种子，像他一刻也不想停下来的
劳动在本能地生长
父亲还会点上几支烟坐在地头上和乡亲聊上几句
把一年的收成预算出来
烟雾缭绕
他爱的人间就是种子和大地
简单的思想在季节中透明着
但是后来父亲生病了，他不再能播种
以至于没能把秋天搬回来
当然这个芒种也和他无关了
他撇清了人间的事
比泥土还沉默哑言，又止于抒情

容器

装下的圆满也会空了，装下的水还是水
我的父亲曾经当过老师
曾经当过兵
他用一生的容器盛放着他自己。把时间一点
也不留地使用着

病了还要劳动。仿佛怕浪费了什么

一个容器可以用铁来打制，也可以用玻璃黏合
铁锤和燃点同样具有容器的烈性
分裂着一个容器的完整

我找来一个塑料的容器豢养着一只乌龟
让它把时间踩在脚底
它天天攀爬，不悲不喜
也不急于什么。一个容器仅仅悟道了它的世界

惊蛰

松动的泥土又会将人间拥抱起来
小虫子爬出地面
凹凸的大地是它们沉默已久的眼神
我的父亲也在其中
他曾热爱的生活现在进入了春天
惊蛰之后农人开始耕种
他有不在场的汗滴
如果借着风吹的钟声退后到他的田垄
他刚埋下的种子温热
从他内心长出的秋天一定很丰厚
现在他把什么都留了下来
大地上的风吹草动他都不去占用
我仅把惊蛰之后的虫鸣
当成他的声带
在干咳地发声

在德庆，想起我的母亲（组诗）

□ 杨康

悼母辞

我用二十二年的悲伤，为你喊冤
一道深达二十二年的伤口在我的身体里，长期
血流不止，终夜撕裂难忍

我在一九九八年的一场大雪中携带幸福死去
你三十多岁的美丽，在冰雪天地
凝固成，我唯一晶莹的记忆。祖国辽阔
地理版图上一个叫霍城的小地标
是我一生不敢触碰的忌讳，像针尖
刺疼神经

无数的春天迟迟不来，种子不发芽花不开
我这一生都自我囚禁。世界
你，欠我一个母亲

龙母祖庙

旺盛的香火，有求必应。升腾的青烟中一定有
神仙居住。这里是离母亲最近的地方
请把我在悦城写下的诗句
一起，烧给我的母亲

这么多年的痛楚，愤怒，和内心的波澜
在龙母祖庙释然。龙母慈祥的目光，让一个儿子

找到母亲般的安慰，让春天等来温暖
让爱明亮

络绎不绝的香客，匍匐，祭拜
向着最初的母体在诉说，在聆听，在以自己最私密
的方式，与母体联通

我获得了和母亲对话的
秘密通道

梦母亲

你挠我痒痒，逗我笑
梦是一个美丽的泡泡，在梦中我不敢笑得太用力
要不然你就啪的一声不见了

你给我摘樱桃，总是站在一片树的阴影里
我牵着你走到阳光下
怕你在另一个世界，很冷
我一抬腿，你又不见了

我知道，是在梦里见到的你
我就不再出声。只看着你，看着你，看着你
泪一流，你消失了

你变成了一个胆小谨慎的人
怕被惊扰，不在我的梦里出现

在德庆，我有了许多母亲

龙母故里，我们尊称为母亲的事物
被高高举起。作为一个母亲去世多年的孤儿

在德庆，我获得安抚

我有了许多的母亲，一个微笑，一句问候
轻柔的，宽容的，慈爱的
白发苍苍门牙缺失的
浑身带病的
上气不接下气拄着拐棍的

我的母亲们，在德庆大地，是一头牛
一只羊，一朵花，一棵树，一只飞翔的鸽子
是奔跑的汽车和耸立的高楼大厦

在德庆，所有的事物都身披母性光辉
我的母亲们，自带爱的光与暖
将我此生温柔照耀

骂母亲

我在心里骂过你，用完我这一生
所有的坏。用了世界上最恶毒的词语，去骂你

即便如此，你也不会因为我的激怒
而回归到一个母亲的位置

然后我是真的骂。骂你一点都不负责
静静地躺在草丛下的泥土里
你，从不问我一句，冷不冷
饿不饿

我骂里带着哭，哭里带着咳，咳里带着鼻涕
我的骂声缺氧
我窒息

德庆母亲

一棵千年榕树，根须紧紧抓住大地
像一位母亲怀抱婴儿走路时的小心翼翼

龙母祖庙的钟声，敲在每个游子的心上
人的一生最应该敬畏的两尊神
一尊是父亲，一尊是母亲

母性德庆，身披慈爱的光辉。行走在德庆大地
脚步安稳，内心踏实。一个有了
母亲的孩子，无论走到哪里
都底气十足

德庆，就是我的母亲
龙母祖庙，就是一个母亲对孩子
发出的古老呢喃

西北望

你们说的，是真的吗
天上那么多星星，哪一颗的闪烁，才是
我的母亲。浩瀚星河，我只能西北望

这是童年时期就保留下来的爱好
望向祖国西北之地，如果母亲也在天上
她一定能看见我

这么望着的时候，星光也带着暖
我揉着眼睛，在夜空中
想要找到母亲

哪怕大海捞针，我也愿意
此生的时光不够用
还有来世

丝丝细雨，是洒向德庆大地的乳汁

婴儿的嘴在蠕动，在吮吸，在品尝
麦苗的嘴，树木的嘴，河流的嘴，高楼大厦的嘴
丝丝细雨，是洒向德庆大地的乳汁

这样的感觉真好，我也张开嘴把舌尖
伸向一滴跌落的雨水。温润，香甜，带着大地
母亲的体香，我在一场细雨中
向大地下跪，磕头

在乳汁里沐浴，在沐浴中寻找自己
一个难能可贵的身份最终
得以确认，我是大地母亲的孩子

我在人间的温暖，又多了一份

传统

逢年过节，我们总要对着西北方向
烧一些纸钱。父亲要
默念母亲的名字，籍贯，现居地

胡世平，陕西西乡县沙河镇人
一九九八年，在新疆霍城县界梁子因车祸
去世。各路鬼神，请将她的盘缠
悉数转达

一半的纸钱烧给母亲，剩下的一半
要烧给孤魂野鬼。以防止母亲在另一个世界
势单力薄受人欺负

我们家多年的传统，一直被保持下来
只是不知道

母亲，是否已过得大富大贵

父亲和母亲的村庄（外一首）

□ 刘巧

这是我的村庄。流水系在命运的腰间
孩子们在水边和泥建小小的泥房子，流水无声
小虾浮在水草边，小鱼则露出水面
吐着圆圆的泡泡。水流斜开一条细线
父亲和母亲在老槐树下剥着蚕豆
饱满的蚕豆，怀了孕的蚕豆，春天的喜庆
孩子们把捉来的青蛙放在泥房子里
把折下来的树枝插在泥房子前
在练习册上画一面彩旗，撕下来
粘在树枝上，阳光落在流水的水面，水流无声
"这美好的人间，一半属于流水，
一半属于乡村。"
蝴蝶们在泥房子前，来回穿梭
蜻蜓也来道喜，这是一个美丽的建筑工程
孩子们的手上沾满泥巴
他们还要采摘一些野花，或者拔一些青草
要给泥房子做最后的点缀
这是我的村庄，这是父亲和母亲的村庄
这也是孩子们的村庄
流水无声，像一种轮回，我们在流水边
懂得了感恩，就像泥房子建好后
孩子们双手合十，默默祈祷，说着善良的话

喊一声：妈

那一年，第一次离家远行，怀揣着

母亲煮的鸡蛋，我走了很久的路才坐上
去浙江的长途车，鸡蛋我舍不得吃
一想到母亲把家里最值钱的鸡蛋都给了我
一想到母亲煮鸡蛋时烟熏火燎得直掉眼泪
一想到母亲头顶上堆积而成的雪山……
我的泪，再也止不住，流了下来
"穷家富路，再穷也不能省了盘缠钱。"
长途车在高速路上奔跑，我年轻的心
也跟着一起奔跑，穿过山洞，弯过河谷
在太湖边停留，鸡蛋我依旧舍不得吃
头枕着鸡蛋，我迷迷糊糊睡去
我梦见母亲在唤我的小名，老槐树下
她一遍又一遍地喊着——
长途车在山洞里前行，从黑走向黑
我在黑漆漆的山洞里，在山洞包裹着的
长途车里，在迷糊睡去的梦境中
"妈!"——我喊了一声……

德庆 母亲（组诗）

□ 月芽儿（林巧儿）

德庆 母亲

母亲为人间烟火添加了不少热度
如果她不能不老去，就让她长住高德之所
就让她坐在青翠松柏间
即使有五个儿子，也都不远游，就拱卫她吧
无论是两千年，还是两万年

还要请来两广巧匠，花费七年时间
以平凡的砖木石为建筑根基
以壁画、陶塑带去熟悉的山水
替儿子娱乐母亲
一块小方砖能出来四五个栩栩如生的人物
柱、梁、匾……数千个雕塑无须开口
道，已经无所不在
自称"朝宗"的人，认定此间为岭南瑰宝

工匠的"工"，就是
给龙以花岗岩的身子骨
让它口中的玉珠无限旋转
你说不出它有多少话语
就是能让一条龙腾云而不飞走，驾雾而不远游
但是母亲手中没有线

在德庆，西江"四海归流"，波不扬涛
一些迷路的龙子龙孙跋涉而来，久久徘徊不愿离去

望一望巍巍的牌坊、雄伟的山门
就如同沐浴了三春之阳光

赖布衣与姑娘

谁说满腹经纶无所致用呢，赖布衣寻幽访胜
发现蛮荒之境藏有锦绣山川
一条龙正欲起飞
一位姑娘天天坐在同一位置放牛，搓麻打纱

他有变石为羊，再还原为石的手法
有水漫金山夺人立足之地的计谋
然而，石头心终究不敌谷物喂养的肉心
喔喔喔的鸡鸣叫醒了迷糊的羊群
惊回首，坠落人间
那石头，早已同化为吾乡吾民
以剩余的仙气，守护此方山水

而姑娘与赖布衣，无论是斗法还是切磋技艺
他们的较量越激烈，德庆的山水就越美
事实上
那些曾经浮在云端的石头，不论是来自昆仑还是天上
已经越走越远

龙母与五子

生下来，头发就有一尺
"缘愁似个长"，印合人间的关爱需求
"一目十行"，儒家的博爱之念已经内蕴于心

熠熠有光的肉质石团，萌动了未婚女子的母爱
家里七七四十九天的日子

一个母亲的身影，忙碌于灶间柴草间
石头也被感化了，破壳而出的
不是蜥蜴，是被提升格局的龙形精灵

相较于鞭子，爱，才是真正的驯化
头角峥嵘、身皆鳞甲的五兄弟
识得衔鱼报母，随身护卫母亲
施云播雨，修渠筑坝，都是维护人间烟火
远游或近处，都自带风雷

跨仙鹤出入、龙翔于天当然是奇景
母亲没有因为超能力而远离烟火气，更没有恃强扰民
一个农家妇女对生活当然有很深的体悟
与扶犁之人共享"一箪食一瓢饮"
仍然是她的日常

趁夜引风作浪还船，卷浪迁坟的传说
更让母贤子孝的故事流传四方
每一条河每一座山都相信
那过往，都是曾经真实的存在

让逃离者把亲情迁往故乡

□ 青莲老大（祝贺）

谁在经营黑夜村庄的灯光

我行走在寂静的村庄，少许的灯光
获得黑夜的沉默。仿佛我是一个游魂
寻找自己失散多年的亲人

居住在夜晚的村庄
像守着世界的中心，村庄里的人
压秤着世界的中心

村庄寂静的一部分，灯火
温暖地照着土地以及夜行的面庞
春风来临前种子播种在内心

如村庄之夜的灯火啊
霜打的花朵不能盛开
那些亮着的多么像幸福降临的兴奋

村庄的黑夜是资源
谁在经营，就能多看几眼星空
弥补过往生活的愧疚
就能低首读诗，梦见乡关何处

一条白色的道路穿过我的内心

一条白色的道路穿过我的内心

如洁白的导火索，引爆春天的绿色

明媚的阳光向我
显示洁白村庄的奇迹

长山脚下的雪后溪流
像一条条巨大的蚯蚓
耕耘冬眠的土地

三月，阳光甜蜜
沐浴青草、树叶，还有
村庄里小兽的皮发
给村庄里的念想
长上飞翔的翅膀

田头，沟渠，田埂
以及村庄里的道路，留守的老者
用脚步丈量枯草丛中的希望

芒种，灌水、耙田、插秧、施肥
忙得布谷鸟用《诗经》的韵律呼呼唤唤
忙得鹭鸶鸟像首都机场的飞机起起落落

征服寂静

黄昏里镀金的光亮
穿透村庄的树冠，那是
为即将到来的夜晚而准备
倒竖起来的锚
让村庄在夜色无边里不再漂泊

暮色是村庄的皮肤

村庄里的人如巨大寂静里的蚕蛹

我行走在村庄，往来于留守目光的检查站
畅通无阻，把村庄穿成一个暗与黑的通道
又迅速被流动的星光和风填满

我清空我的心灵，填入
村庄里所有的寂静和夜色

我清空我的身体里
多余的沉默，多余的话，多余的理想

我努力找出那只开关
把村庄的无边寂静关掉
保持村庄夜色更加完整
分享我的不眠的星光

让逃离者把亲情迁往故乡

春天之后的村庄供给大量的寂静
村边小溪流水的潺潺是村庄的寂静
村口《诗经》韵律的鸟鸣是村庄的寂静
夜深心跳般的零星灯火是村庄的寂静

村庄的寂静是一片大好的河山
需要各种花的盛开，相当于逃离者
脚下曾经的土地需要水稻、小麦、油菜
以及高粱、大豆

寂静的村庄，需要盛开郁金香、玫瑰
不行的话，可以盛开荷花、向日葵

大面积就行，繁茂就行
让逃离者把亲情迁往故乡

村庄里无边的寂静
抛给我们一个时代的背影

我们同样身陷泥土和尘世（组诗）

□ 温顺（温勇智）

一

一座庙宇站在德庆悦城镇水口，似乎
在张望一行没有完成的诗句。这很像我的母亲
站在我童年的十字路口，张望我
天空的蔚蓝，掩饰了一个人受潮的目光
肉身矮下来。母亲的乳房如月光的风衣
此时，正是多事之秋，风在虚拟的庙堂之上行走
并在听觉上撒下一地的号哭
庙宇露出破绽，天空露出破绽，民间露出破绽
母亲挽起袖子，露出好看的手臂
月色中，母亲紧贴雕像，弄花了我的眼睛
庙门的一声吱呀，收敛了我的惊讶
一枚龙吟离开庙宇时，另一枚龙吟霎时电闪雷鸣
没人敢低吟，也没人敢下笔
有光从另一面慢慢漫过
庙宇指缝里滴漏的露珠，在光晕中攀缘幻化
母亲抑或龙母站在那儿，支撑着倾斜的庙宇

二

庙宇站着，雕像也站着
跪拜的人们，双手匍匐
每年的五月初八，游子们都会踏浪千重
回德庆认祖归宗
我可以以儿子的名义，再次伫立

神、绝、巧、灵的龙母祖庙，和母亲抑或龙母的心意相通
她最最温柔，有完美的曲线，慈祥的目光
靠近些，再靠近些，几乎要站成彼此，伸手便能触摸到如兰的呼吸
之后，我把自己放进千年的传说里
香火被余晖点燃，记忆被月光点亮
祭青蛇、摸龙床求子，一个传说，一个人
在庙宇的垂钓中，忘了伤疼

三

我拜访的这座庙宇，能预知休咎事，战天斗地，除祸降福……
所有的故事都用香火的方式表达
石碑坊开始立起来，被大爱和平安包围
我的呼唤和热爱就变得急切。母亲。龙母。人间的神
多重的隐喻，契合一个民族的善良、坚韧、自强和担当
我的母亲，生前唯一的一次梦游
就是看见自己梦见了龙母
母亲与母亲相遇，不用文字，只需心灵
长出的羽翅毫无杂质，在历史与风情中穿梭
万千浪花，都从母亲或龙母的眼眶里回来
庙宇一个侧身，呼出月光下的一朵白
薄薄的倒影，拾起一朵，足够我品味一生、享用一生
月色挂帘，与德庆的青色交相辉映
等夜风起，方便爱了它一生的我来填写

四

盘绕于香亭石柱的蟠龙龙珠在动
以母亲的名义，以虔诚的姿态召回灵魂
时间穿过我的身体，在大地上写满赞美之词

母亲和龙母，都已先我而去

她们在梳妆楼留下的倩影，是我梦中伶仃的线条
当我说到母亲抑或龙母，它们就生动起来
我没有她们的神力，但我能感觉到有灵魂的注入

循着母亲唤我乳名的声音，返回自己的初心
就看见了一个古老的传说和最初的家园
我们同样身陷泥土和尘世
肋间奔涌的暗流，带着母亲的谕示
是苦难，也是再生

宽恕之美

□ 山里云（刘俊德）

大山把用旧了的物件一一摆出

有老牛的眼睛，那天喜鹊的叫声

还有游走在屋顶瓦片上的一只猫

我正在组装一个山村

把月亮挂在树梢，在玉米的腰间系上围裙

必须正午有阳光来烧火做饭

天阴了，恰恰好

蛙声的交响乐，在半亩池塘里预演

一切还来得及

风开始均匀地洒着雨点

阳山的麦苗供出芒刺，七星瓢虫背着盾

土地，舞台

小溪擦拭星星的眼睛，一个牧羊人

绕过那个湾，"花儿"运来了黑夜

灯下，我在写诗

犁和磨盘都是旧人，在斧子和錾中凿出的光阴

我知道

高山不流水，黄土还养人

坟头点灯，让故人也活在明亮的世界

一个山头，杏花白，桃花红

春天又宽恕了这方寂寞

鱼塘的记忆

□ 烟波（彭小磊）

难道祖辈的记忆
就这样在逐渐被包围的鱼塘里沉淹
在这方小小的鱼塘周围
每一代人的童年都永远不能再现
难道我们的时光就不能平静地陪伴
那只小船非要四处漂泊，让它孤苦伶仃地
默默地停泊在这方孤独的鱼塘西岸

那一棵棵老迈的垂柳啊
你们已经完全倾倒
枝叶早已经在鱼塘里腐烂
只留下干枯的躯干
还存留着岁月的印痕
期待有一天还能遇见那逝去的欢颜
那永远不再回来的乡村画面

那口已经被凌乱的树枝覆盖的老井啊
曾经你同鱼塘的水面共同生长共同沉湎
而今也还是这样吧
只是早已无人问津，现在的孩子已听不到你苍老的呼唤
那些关于你的古老的传说
早已沉浸在井底混入到鱼塘底厚厚的淤泥里边

春天的蝴蝶，夏天的知了
秋天的落叶，冬日的冰雪
多少欢声笑语曾经在你的怀中灿烂

多少熟悉的面孔在你古朴的脸前消散

时光啊，你可否停驻，你可否停止流转
那无数良辰美景，都还没有来得及纪念
有一个孩子还想为这方鱼塘写下美丽的诗篇
他想告诉这个世界，在一个落后的农村
在古老的京杭运河一段的西岸
还有一方小小的鱼塘，藏满了无数珍贵的片段
晨曦的阳光也曾在鱼塘里映出晶莹的光线
皎洁的月光也曾在鱼塘里映出奇异的梦幻
村上的老少壮年，出嫁的谁家媳妇，漂泊的男儿
都曾在这方鱼塘边度过快乐的童年
时光啊，你是否可以回放曾经的一段
为那个写诗的孩子哪怕是一瞬间闪现的灵感

鱼塘边的老桑树，老榆钱
你们都去了哪里
曾经的孩童在你的肩膀上流连忘返
摘了桑葚，再吵着婶子做一碗榆钱米饭
他还想和你们遇见
等他老迈了，还想坐在你们的脚下
对着这方矮矮的鱼塘发出亘古的一叹

鱼塘的主人，那打鱼的人现在哪里安眠
鱼塘里的鱼儿啊，好久没有吃到新鲜的野草
好久没有看到那一丝丝轻飘的烟线
那只已经生锈的小铁船，已经很久没有滑进平静的水面
已经很久没有泛起欢快的涟漪
这方鱼塘好像陷入了无穷无尽的幽深黑暗
鱼塘中间，那还挂着的电灯，很久没有亮了
岸边的烟盒，也已经在岁月里腐烂

写诗的人哪，你这到底是为了什么
为什么对这方小小的鱼塘有着如此深深的眷恋
你可知道鱼塘的记忆不会消散
即便你只字不提，记忆也永远在那里
你何必多此一举，徒劳一番
又惹得自己泪流满面
给世人徒留下一片无奈的茫然

想念一座城

□ 逢时（冯忠文）

想念一座城
不仅仅是它的旖旎风光
风从海上来的惬意
沙滩牵绊脚步的诱惑
还有天籁小调的悠远
茶香袅袅的馥郁

想念一座城
思绪一路向南
梦的脚步随青苔石板浅吟低唱
汪洋里重叠了浪花的轻灵
豁达摇曳了难舍的缠绵
奈何柔情千万

想念一座城
伴着潋滟水光聆听涛声的旋律
寻觅娓娓的琴音弦歌
淡然，美丽，清馨，雅致
一曲浣溪沙，撩拨一场心雨
长亭古道烟楼，丰腴了遐想

想念一座城
被雨水打湿的荷叶
朦胧里婉约着唐诗宋词的江南
又似一帧临摹的油画
幽深的古巷蔓延

渐渐远了撑着雨伞女子彳亍的背影

想念一座城
每一片色彩都被阳光照耀
所有夺目的颜色都在这里汇集
四季如春的风景依旧
这是一座有故事的城
这是一座老不去的城

想念一座城
街头巷尾都是我留恋的味道
如约而至的等待
不见不散的相逢
悸动了温暖的初衷
内心波澜生出墨韵的优雅

想念一座城
春常在，花常开
人如流，歌如潮
用你浪漫的情怀
引来蝶舞蹁跹
继而肆意芬芳

想念一座城
那山那水那人留在了心里
一岸的箫音
荡出无尽的南音
一弯的明月
韵出浑然天成的凝重

一滴水中照见故乡

□ 栖衡（张凌云）

水的瞳孔
安详地看着我洗尽年轮
以倒立的方式审视这个世界

淡淡的水腥呼唤着乳名
机帆船，水泥船，竹篙，摇橹
复原着肋骨，在水草泥土呵护的
透明里，站立我最初的产床

岸边的芦苇托起往事，每一根
都青葱得令人心疼，鱼和虾
追逐过的水底，静静躺着
清浅的童年

那些琥珀式的光，折射着
另一段咸涩岁月。镰刀淬火着双肩
锄头打磨着足印，沿着脱粒飞向天空的
姿态，将最纯净的盐花埋藏

每一年，总会在某个时刻
汹涌的乡音盖过桃花，漫山遍野
将我淹没，我看到故乡刀刻的脸庞
看到挂满乡亲们命运的皱褶里
打湿殷殷如霞的粉红

沙砾丰盈，贝壳嘹亮，无论

尖锐痛楚，泥泞峥嵘
那些浪头露尖的日子都闪烁晶莹
沥干的故事尽头，有只柔软的
触手，悄悄按着大开大阖的万里江山

我在回望中一次次沸腾，冷却
一次次游过波峰，走过浅滩
终于将自己还原成一滴水

这宏大的水滴，饱蘸着我
一口气写完了整幅人生

浏览春天的妹子

□ 王雪人（王明亮）

山路弯弯，
一树青柳的剪影坚强流动，
深挖厚土的收成，
没有艾怨和停留。
想亲亲叫你细细看你，
多年后我捡到你赤足田边的躲藏。
小小肩头挑上青菜的滴绿红苕的心甜，
还有渴望的满满，
挤拥在赶场人流，
不知结果也不抬头你只管快步。
我们相撞的目光是默默问好，
从此我知道你是雨中的小菜妹子。

场口临摊是炉火的婀娜巧手的指尖，
滑溜出粉丝晶莹和喷香，
黑黑眼神是心儿等我走近，
还是叫我隔开些再远些。
我们相撞的目光是偷偷呼唤，
从此我知道你是街边的粉丝妹子。
新建市场一抹青春披挂的红霞，
揪人心泪的疲惫挣取，
又在路边摆上了手编花样，
角落是你暂时小睡的美甜。
我们相撞的目光是心疼的默认，
从此我知道你是好强的竹编妹子。

山货布匹，铺上少女心梦的货架，
一次次凝望我害怕的眼眸。
骄傲述说你又有谋生的新手艺，
我们相撞的目光是信赖的真心。
高速路口向里，是山沟是猪场喧闹，
是传说的山女年年如期开花的春潮。
时装耳坠心中的妹子，今天，
静坐在五彩环光青藤爬满的崖口石顶，
握住爱女小手，触响命运的键盘，
一页一页将春天的页面浏览。
是那双眼睛霞光中的微笑瞭望，
我们的相撞是山水情长的久别问候。

山沟沟的农家儿女，
随三中全会的春天打开心扉。
你想你少女心梦的甜蜜，
我想我男儿妄想的雄伟。
你是起篾编织平静日子的小村妹子，
我是深田犁匠码头挑运的建筑小工。
不说现在也不问将来，
我们一直游丝相牵心送平安。
对你我有很多的不能，
我要闯荡出外面的命运天地。
记住心池的秘藏告诉儿女有人爱过你，
我只想你的美丽你的一天一辈子。

三十年啊时代走过，
我驾着狂想礼车载上你田边的赤足，
不管你是商业家太太还是庄稼汉婆娘，
最后见你，我带着忙碌的老茧与心痛。

故乡在西江

□ 木与（张少莹）

关于青稞、稻田以及
金黄的一地麦穗初探而长
倒在梦里一遍填过一帧，又一帧

起了早，躺在德庆西江河北桥头
眉头上三只飞鸟好像停留泛舟倒影
更多是海，黄昏落日把
天际染了一层秋收

我们习惯把一只叫作孤鸟
两片呼为脉络执掌
谷仓、大地和头顶一处
又几处长镰挥舞

院墙之内，房梁上几处雕有花纹
凑近一看发现毫不相干

或是最后唤作不计其数的鸳鸯
被拾柴人当成重林万千
跟农夫好像几分相似
在地里竖起一丛丛原野

我还会把瓦檐、帐布清理成空白
灰尘被拾光藏起来的岁月里
任由飞过生长的万物盛景

企图跟日子和解
和解的还有北头的鸟
秋深把头探出来
一只两只五六八只

好像故乡一遍两遍五六遍的呼唤
采撷星月菩提果
一手提着，一手在木门头
认出了几个歪歪斜斜的记号

天下黄河第一弯抒情

□ 焱土（金彪）

一

这里是水的祖国，这里是生命的摇篮
九曲柔肠，在《说文解字》《山海经》《水经注》里漫行
在《汉书》《尚书》《史记》中站起来
古老的大地之魂，慈悲着奔腾
被传说和故事簇拥着的石楼，幻化成一阕大词
温柔站成母亲的象形——天下黄河第一弯
顺势将乡愁中的乡愁，陡然喊停
令万物回家的密码，在黄之所以黄的气度里
哺育热泪盈眶的生命歌谣

二

走吧，去石楼辛关镇马家畔
天下黄河第一弯在等待，一生都在接纳
穿越万年的你，熟读《二十四史》的你
听过《黄河大合唱》的你，寻着涛声认祖归宗的你

如果说黄河水的每一滴水是母性的
那你此刻看见的石楼湾，就是线性的安静叙事
亿万年生生不息的歌谣，从两千八百亩大的乳房里奔涌放飞
那浑圆，那饱满，那舒展
慷慨喂养着每一个人、每一个家族、每一个王朝
恢弘的归恢弘，长叹的归长叹

图腾此间天与地、山与水、曲与直
雄与秀、朴与奇、动与静、真与幻的美学
而站在第三层观景台上的你，则像母亲唇边极富质感的应答
就连你突眶而出的一滴泪珠，都美轮美奂

三

黄河的伤口，只有黄河水才能愈合
西窄东宽也罢，宛如葫芦也罢，把悬崖挂成僧袍也罢
所有的骨性美，在于岩抱水、水环山的嶙峋相依
更多的是因了一只陶罐的智慧、善良和纯真
至于平衡、沉浮和迂回之术，那只是古琴弦上音符的律动
将黄土和粮食供奉在上，让祖祖辈辈躬身在下
以及试图取悦如画江山的我
向深沉祭拜，对舒缓作揖

辛关黄河大桥、黄绿相间的枣林，淡淡紫的小蓟花
其实它们都知道
负重奔腾的第一弯是雄伟壮观的，也是清秀婉约的
独一无二的天下极致
让一群群人来了又走，离开后又来

谁都知道黄河活着，水就会长出诸多渊薮
而第一弯便是黄河最美妙的磅礴
她唤来女娲娘娘汲水洗衣，淹没史册中伤痕累累的刀光剑影
她唤出羊皮筏子，摆渡离别、悲欢、圆缺
许滩涂吐出野花和民谣，任由牛羊白云般烂漫，
更许你我一起恸哭：
活着是多么珍贵和美好
而一切的死亡，也是那么厚重

四

静流雄浑，涛声逸远
三千年前谙熟第一弯玄机的姜子牙
面朝雷霆万钧的曲折和纯金的缄默经卷，参天悟地
将匡时济世的方略，吩咐一壶大酒
西迁崛起的巍然模样
在桃花者村的一只龙纹觥里，酣畅了八百年

石崖古栈道是一截硬诗
逼仄的、逶迤的都是惊涛拍岸的分行
李闯王走了，毛泽东来了
拓下毕竟东流去的浩然铿锵
无疑是留村客栈的最快意吟咏——《沁园春·雪》
是的，这是文明史书中的血脉偾张
是指点江山者挺立起的嘹亮
是黄河第一弯的千古绝唱

抽刀断水水更流，一滴黄河水就是一个旷世英雄
一个个追风赶日的声音扎进去
就是一杯杯流着泪微笑的沧桑
激越跌宕，豪迈悲壮

五

此刻的黄河第一弯是抒情的
黄河湾自然生态区，无疑是丹青长卷中的妙笔
越砥砺越光洁的马家畔村是幸运的
土窑洞和红绿相间的窗棂，始终跟着古老的慢时光
摇春光，播鸟鸣
不慌不忙的从容，胜过咏叹，大于感慨
闲适满院子淳厚纯净的心跳，淡雅恬然北国

自此，黄河第一弯便归入了湛蓝的辞章
而他们，都将是活血化瘀后的幸福指证

六

我的到来，确切地说是一种朝拜
我太爱黄河第一弯的神奇了
她的沧桑就是我的沧桑，她的禅悟就是我的禅悟
高低陡缓之间的美学，满缺宽窄中的哲学
即将葱茏我以后的以后
比如此刻，我看见另外一个自己
从第一弯的河底走上来，与羊群一起波光粼粼

七

谁获得一滴水的青睐，谁就将获得幸福
千里迢迢赶来，只为了双膝一跪
如果，我只是说如果
或观光，或旅游，或回家
那么我希望是：所有的华夏子孙
一个也不能少

在秋风中，回望黄河故道（组诗）

□ 梦阳（贺生达）

留下　满地的苍茫
黄河　只身去了远方
一只顺流而下的陶罐　躺在干裂的河床
散乱的桨橹
去无可去　回不能回

长堤上　一只鸦鸟踏着夕阳
几缕云　总也拦不住
这世间的万物啊
该启幕的启幕　该退场的退场

长堤

长堤　托举着夕阳
河水　在历史深处汪洋
斑驳的古船　静泊在时间之外
故道　一片苍凉
孤独地站在长堤上　那株干枯的古树比苍凉还要苍凉

抹去了最后一粒鸟鸣　黄昏
捧出星子的光芒
万物　早已不复初始的模样
无所不容的夜色
怜悯地抱着长堤　在路上

黄昏的河床

黄河换路之后　头也没回过
你的干裂的嘴唇　到处都是创伤
千年来依旧沉默着　最小的秘密也在内心隐藏
怀抱一支历史的桨橹　并非为了再度校正水流的方向
一株枯草低着头　诸神在上
实在不能　一把抱起整条故道啊
风雪就要抵临了　面对着黄昏
独自徘徊着　我又怎能不做点什么

行走，在堤上

黄河改道时　我一点也不知道
就那样　它冲开时间的通道
低吟着　一路匆忙
奔波至暮年　我才抵达
诸神　早已退场
多想抚摸一下故道啊　一伸手
一场大雪就迎面压来　我的迟到不能原谅

落日

红灯在西天一亮　鸦鸟就以减速的方式还乡
大堤上的一株枯树　伸手指挥着方向
河床上　那只匆忙赶路的瘦狼突然扭头回望
一枚坠落的黄叶　被风斩断了归路
所谓叶落归根　落是必然的
归　只不过是在路上

列车与故道

在商丘以东
列车　与故道平行
列车行　故道也行
列车上的人　看到的是沧桑
故道上的沙　听到的是钟鸣
过了徐州
故道向西　悄然回归了历史
列车向东　时间被秘密引领

河床上，一柄立着的桨

一眼就看到了那支斑驳的船桨　在故道深处
对峙着　与十面埋伏的黄沙
一只红眼睛蜥蜴　惊恐地爬过
我认定　那桨一定是一个人的背影
他只是撒网去了
想着我给黄河带个信儿
他还要回来

月夜，在故道深处

每一粒黄沙　都怀抱着黄河的涛声
枝头的鸟巢里　一颗打坐的星星
此刻　故道比月光辽阔
面对这一切　我止住了脚步
我只是手执烛火　故道啊
却捧出了无边的光明　仿佛盛大的虚空

一位僧人走过

故道　寂然无声
灰衣僧人无声地走过　怀抱两袖秋风
堤上的老树一低头　没了托举的夕阳
就落入了黄昏中
灰衣僧远去了　小小的背影
晃了几晃
故道　又陷入了无边的虚空

秋意

几抹枯黄　斜斜地黏在堤上
漫步的红狐　优雅地回望
几声雁鸣　掠过
天空　被擦洗得蓝得发亮
那株被夕阳开光了的芦苇　弯着腰
努力向水底探去　那里
渊深得仿佛天空一样
一只翠鸟　点了一下水
就飞向了远方
那淡淡的涟漪　隐隐闪烁着小小的忧伤

戛洒江边的花腰傣

□ 郑阳（郑然）

一

背着秧箩的花腰姑娘
有青草一样的青春，田垄里的稻谷
落在她们红绿相间的袖子上
保留了远古的天赋。她们
居住在哀牢山的群峰里
在沟谷和红河的边上，如同散落在
大地褶皱里的一朵朵野花

花腰姑娘走过阡陌，手臂上的花纹
就飘过稻禾的叶子，经过土罐里的清水
缠绕在槟榔树下
深入皮肤的信仰传送着，古老的祈祷

四季里，茂盛的梯田之中
达寮的注视，是神的注视
竜神守护着那些青色的作物
直到它们获得金黄的果实
直到花腰的姑娘，获得新娘的衣裳

二

芒果树、野草、溪沟身体里的田野
沿山坡向上而去，看得见风
深藏在天空之外的云翳里

被田野拥有的山，越来越高
越来越放纵眼睛的翅膀

所有的植物都伸展着叶子
矮小或者高大的，柔弱以及顽强的手臂
青绿的手臂啊！交缠着
在自己的体香里，弥散久远的情结
和热风一起，预计着，等候着
花腰的姑娘和水果，被放在阳光的手心里
开始一个接一个的故事

质朴的傣民，这些古老滇国的后裔
行走在新修的公路上
就像一阵海市蜃楼，重现了远古的景象
在红河的水边，她们坚持自己的衣裳
用它来保留一种习惯
简单的生活，臣服在遥远的传统里
使用祭祀，去演出内心的火
戛沙江边的傣雅、傣卡和傣洒
像一个和睦的大家庭，三个亲兄妹
皈依在竜树下，并习惯
在红河边缘的山坡上，种植信仰
让四季，留下等待、庆祝和约定，让酒
贡献出田野、甘蔗和水稻
贡献出村庄、树荫、节日和艺术

三

花腰姑娘飘过溪沟边的竹林
在先民留下的田垄上，编织花园
青翠的田野，从山脚摸到了天空的脸颊
灰色的水牛转过头来，就像一座丰满的村庄

河水之外。必须比喻的花腰姑娘
正在纺织酸角树下的炊烟
她们把手放在青青的竹子上
就引起了旅游，和歌舞后的晚宴
青葱的戛洒从香蕉树，倏地变成了甘蔗林
只有一种等待被永恒地预言着
那是流盼的眼睛在树叶上闪烁
没有风，也没有霓虹
只有绿草一样的山歌，漫山遍野
跟随溪水，跟随一株巨大的芒果树
享受清凉。她们会有歌声，从江边缘山而上
漫过田埂边的村寨和古老的森林
直达久远的爱情

四

这高贵的遗民，拥有另一种历史
银泡与流苏，在风俗里适合旋转的舞蹈
谁的头上将插满鲜花
谁的手将迎接秧箩，像迎接神的赐予

获得庆祝的节日，炙热了空气
手和手拥有的热情
驱散了光阴里面沉寂的烦嚣
在这里，酒和跳舞的节奏并没有区别
没有人来得及推想昨天和现在
是云还是阵雨。花腰闪烁的地方
与泥土、竹叶和酸角非常靠近
她和你也非常靠近，就像鱼靠近了鱼

花腰姑娘把许多的日子放在织机上
只为描写一件千挂百缀的衣裳

她们拥戴着自己的金属和布匹
从酸角树下的乡村走向日新月异的集市
徜徉于花街，像一只只蜜蜂在山坡上翻飞

古远的哀牢山脉，根据一阵风
倾听到每一次银泡的呼吸
像神的吟唱，在打开花瓣的双手
甜熟的竜耙开始甜蜜，春天的假日

五

神秘的竜树属于古老的祭祀
属于一阵烟雾里，高耸的农历
与牛有关的那一天，所有的傣族
都获得了肃穆，获得了盛大的默祷和暗示
如此虔诚，如此神秘的虔诚
清除了劳顿、疾病，和皱纹里的沧桑

花腰的姑娘守着内心里的诚笃
倾听那些古老的暗示
等待风的手最终会迎来雨的亲吻
香蕉的叶子是她们的眼睛
最美丽的眼影。酸角树是河边忠诚的舟楫
故事的雨季一到，立即撑桨摆渡

在神赐的土地上，花腰姑娘拥有颜色
繁复的交织流露出玄秘
一千个故事也不能打开她羞涩的回眸
一万个追寻也错失了她初生的情愫
她抬起手，在秀发上戴起斗笠

她抬起手来，流云就追溯了往昔
青铜推开泥土与石头，回到它的纪年
回到重量的手上。深藏的光芒
因此炫目，一万个花腰的姑娘
靠近婆娑的芒果树，指日可待的成熟

六

红河流淌的年轮，爬满了树林里的老藤
凤凰花以及许多关于茶叶和盐的故事
在想象里，变成时间的酸枣
可以预想的风光正在引起
飞翔的幻觉。需要跳舞的身体
很快接受了篝火与清弦的手
甚至最为迟钝的表情，都开始使用手掌
使用一种热闹，和之后的欢欣，使用酒
你们的衣裳和她们的衣裳
你们的颜色和她们的颜色
这种语言和你们的语言，如同一起
升起的云朵，如同一次不谋而合的相遇
追逐着欢颜。恭迓的季节到来

由于丰富的黑夜，由于预约之后
扑朔迷离的猜想，还需要
不可多得的、远处的火焰
花腰姑娘就踩着一连串细碎而清亮的银泡
降临到水边，降临到一片香蕉叶子下面
降临在竹林之后，降临一个故事的开始
降临她们的手上，如同雨的降临
神的降临，和期待的降临

七

在漠沙和戛沙之间
被炎热丰收的夜晚如此生动
稠密的炎热，如一块甜蜜的竜粑

叶子下面的星星，正在盛开
被模仿的萤火虫四处闪亮
主题终于产生，在辽阔的夜空下
青涩的槟榔和成熟的香蕉之间
红河像一个马虎的阅读者，匆匆向南而去
它浏览过的夜晚刚刚浣洗过舞蹈和琴弦
浣洗过夜色与甘蔗，在流萤里传袭的故事

必须膜拜的竜树，拥有隐秘的祈祷
花腰姑娘行走在竹林里，要流传神话
流传哀牢在深山里收藏的秘密与花朵
一缕热风拂过，历史从辽阔的睡眠中苏醒
酸角树和攀枝花表现的河谷，接近了灿烂
失传的土地开始在典籍里剥落青锈
花腰姑娘从又一个清晨的露水中醒来
在青铜的田埂上，捻裙而过
带着凤凰花的颜色，高贵的气息溢满大地

（注：达寮——花腰傣用竹篾编成的一种具有神祇意味的竹器，拳头大小，插在稻田中，驱邪避害，保护秧田。）

两千年，涤荡清愁

□ 邓文静

若有人兮五龙之上
西江河水清浅浮漾
草木摇落何复观往
猜想，龙母初降也是婴儿褓襁

扬一把赤红土壤摘一个圆果嗅尝
钟灵绝护滋养
山中葳蕤着蔓罗，白驹踏过虫桑
你转瞬，不转瞬，她豆蔻年光

苍梧郡的一声息中，孕育云雾出岫
春光灼灼的五月，惊鸿一面尘世无垢
胜过一切言语形容，悦城河涣涣兮
一声一息中诗歌音乐为她而吟作

陌上红尘，有斐君子眉目如星
千骑万乘从北行为她迎
你知晓岭南的贡柑根固不移
如她一颗心难迁难离

徘徊于时间沧海桑田变幻
她悔，再不悔，衣袂翻飞
春江夜明，独自思远道
熄灭了，少女的思悟

是不是每个神女注定在悬崖展览？

善如慈母哺育一方之士
铭记她延仁两千年的历史
来来往往，从古到今的荣光
千古万代德庆此一灵祥

秋的偏爱，白雪皑皑（外九首）

□ 孟宪科

玻璃生出几道暗缝，乱入的思绪
在冬天长满杂草，接过尚未编织的花环
轻佻的女人成为一片落叶
和喉道里的环音攀谈过后
久治不愈的沙哑在胸口迭起如沙丘
平静犹如大漠里一场无人问津的沙尘暴
等待着一次失踪过后，我们拍一拍肩膀
掉落下一些青年时的固执
比如在油彩上洒落一滴黑墨，这是一生中
未曾提起过的悔恨
消除彼此残留在心中的印记
她是你的新欢，不是旧爱
秋天没有两片完全相同的叶子
会再一次落下，刺骨的寒风中
我们的爱从未被拾起

一　未来或许是树木

有时我们垂下耳朵，试图捕捉
从耳边刚刚滴落的声音，换一种回答

以使它改变方向，用同一个灵魂
发出另一种回响，扰起微弱的烛火

洞悉周遭，不是石头碰撞时溅起的花
像切开一根小葱后裸露出的黏性内皮

滑过它的内心时，还未分离成段
听到外面的声音是在土地，不是厨房

撕开绣女的裹脚，打开宠物囚笼
它们从祖辈中醒来，生长如初

超脱自由的人，造物主给予新的生命
在金黄的土地上，重新塑造你的泥身

在梦里我又梦到那条流浪的小狗
摇着尾巴，不再找寻它的主人

去到更远的地方，裹挟一朵云
让爱的人，感受雨滴滴落

耳边，有风，有水，有人在追逐太阳
浴火重生，犹如一只烈鸟

有人垂下耳朵，换一种回答
它还年轻，剥落雏形，未来或许是树木

二　秋分

这一天世界是均匀的，无须倡导者
在赤道线上，太阳高悬于头顶
我们把剥落的影子收缩进脚底
阳光和我都不再偏袒身体的任一面
在一面镜子里，南北两侧在耕种和播种
田野对立，岁月的弧度在腰背相向敬礼

这一天风筝不会断线，无需风和日丽
在原野上，秋风吹动麦穗和我

我们相互感慨已彼此扶持多年
风雨和我都开始温顺于田野——共同的家
在一块画板上，惯常的景物开始作画
风筝和线，我们被拉得很远

三　冰凌吟唱

捏着一把壶轻轻地摇晃
热水和冷水撞到一起，镜子裹上水雾
潮湿的我们如何按捺住冬天

四轮的马车驱使我们碾过冰川
河里女人正在拆除冰凌
如觅食的布谷，寻找马匹遗失的主人

登上这片雪峰他在山顶结网
温暖的家像巨型编织袋套在头上
开始想象你的分身呼唤另一个分身
终究不是自己刻意留下的一道冰痕

局域网已经覆盖海拔八千米
亲人互通音信，失联的人发来遗传密码
或许在雪山他已经掌握新的语言

向暗恋多年的人告白，翻译的尽头是教你如何
让雪山流下爱的积水
此处不应有恨，只是雪山没有篝火

四　老人和狗

一个老人拉着一条狗
一条狗拖着一个老人

相互渗透彼此的新陈

公园的地板下是蚁穴的空洞
她险些摔倒
险些撞向花坛里那些初生的蒲公英种子
风一吹，就逃进了泥土深处

泥土里，老人已经伸进大半个身体
小狗用爪子刨出一个温暖的洞穴

五　四轮的玫瑰

墙上画着五辆摩托，四辆已经风化
只有剩下的一辆被新时代的浪漫主义描红
行驶前我们感受这场轰鸣，发动机
已经不需要燃油，杠杆原理可以轻轻地
把你翘起，和十六楼邻居一起欣赏月光
售票员在整理今天收到的玫瑰，我还是
没能赶上月光宝盒的最后一趟，明天的票价
需要撒一个更久的谎，恋人在进行从告白
到分手间的循环，这是一种白头到老
众神和你一样渴望，他们在信徒里挑选
虔诚的爱情，把一封封情书塞进功德箱
我们走在一座桥上，河水向中间聚拢
下落感使你悬浮，一头扎进一个月亮
水面的月光不再保持相对静止，这次众神
对你撒了个弥天大谎，列车在起点溺水沉没

六　白夜行

你所熟稔的事情，比如正午爬上一段小坡
又或者被两片孪生叶子同时砸中

为冬天舒展新的空间，它们和你一样赤裸
开始审视墙面的白，是否粉刷你内心驳杂的刹那
杜门晦迹的人，深谙楼下的尘土和卧室的影子
同样需要播撒，凝聚同一种生气
十一月，在那片矛盾的间隙反复躲藏
你捕获自己，谁捕获你？
从阳台爬满杂草的花盆里辨别一株萎蔫的花
此后种种都会在嗅探中保持新鲜
深夜吸纳闪烁的萤火虫，暂居在微弱的光中的夕阳
夜晚抚慰你的也将抚慰我

七　花影之列

摇曳的含羞草隐现着花苞
低下头，长途列车站台掉落的盆栽
窗外的眼睛连同景色逐渐远离
坐北朝南，她刚从雪里走出来
习惯旅途是卧室里的一天
醒来时你等的人早已等候你多时
而驶过的列车，再一次装进蓬松的秋日傍晚
这次你会牢牢锁住窗边
作为另一个车头，她带着你的尾列驶来

八　年轮

紧抱树干，预测肢体趋向。
树木和远古，作为驯化后的人类
我们开始遵从自然，爱慕于光。
放弃无端猜想，牛顿和苹果
本就是一对恋人，使重力下落。

在鹿和马的错乱中，

我们不再钟情于颜色不同的帽子，
作为色盲的开端，很多人在黑夜里行走。

九　新海

淡黄色的气味，我睡了很久
横置在空气走廊，她搂动长发的气流
缓缓通过鼻炎闭塞的毛孔
最后汇入北太平洋暖流
溺水的人，是最后一个幸存者

她坐在一面打捞上岸的镜子里
低语："今天又有人成为新的海"

拨响胡笳十八拍

□ 柳子（刘挽春）

第一拍

听，风起花落，流水远去
这是我慢拨的琴声。我已复活
于是，故事重新拉开序幕

光阴漫长，世间的一切
自有苦厄和劫数。琴弦一拍
就撇不下匆忙赶来的事物

第二拍

以琴曲的名义，愿岁月静好
抑或我不甘沉沦，回到旧时光里
只为初心的慰藉和守护

我却看见烽火升腾，涌向远处
我藏匿了原有的性情
有些话儿，唯有浸淫琴声

第三拍

漠北，孤雁在长空悲鸣
如同我的琴声，天涯沦落
和我一样，怀抱着内心的酸楚

天幕苍茫，蹒跚的车马小如蝼蚁
张弦难诉一腔衷情，纤手落下
一次次触痛了我的骨头

第四拍

我举目旷野，亲人在哪里？
无法确定。但灾难没有结束
让我心神不宁

衣袂飘飘的身影是谁，趋向我
荒凉的气息袭来，让我震惊
但跫音不响，我就不会停止拨动

第五拍

大漠孤烟直抵苍穹。我手搭凉棚
看见候鸟飞过，它们没有停留
莫非丢失了我的家书？

飞得太高了，我追不上它们
也没有一点恨意。挥手拨响琴声
荡起尘土漫天，权当送行

第六拍

落日滞留在晚霞里，不肯走
怜惜我吗？多么安静的时光啊
感谢它给我片刻的轻松

漫漫长夜即将临
晚风敲打出了节拍，掀动帐幕

几声凄厉的狼嗥，打断了我的音符

第七拍

我举火为号，没有丝毫回应
我离家太久了，或许是
亲人们依旧深陷悲痛

千里之遥的呼唤，显然苍白
我只好加大拨弄的力度
风已远去了，谁来传送我的琴声？

第八拍

夜深了，我想举杯仰望
又暗自摇头，不看也知道
一钩山月也是孤悬苍穹

干戈尚未寥落，家园仍在荒芜
一想到这些，我就战战兢兢
我是不是失神时暂停了弹奏？

第九拍

沿途的溪水潜成了暗流
带有风中的驼铃，与我和韵
芨芨草太瘦了，痕迹于根部溢出

我想在天空借宿
用云朵洗濯旧日的伤口
曲至休止符，也没听到高处的答复

第十拍

多少走失的人，还在半空中飘浮
何时终了？满目黄沙漫漫
哪里找寻落脚之处

如水的月光，照亮戍边人的缁衣
一壶浊酒，两行清泪
如此情形压低了琴弦的调子

第十一拍

天地悠悠。连营号角通宵达旦
我忧心忡忡。残存的古堡遗迹里
充斥着往生的气息

我从未有如此的惊惧
大汗淋漓，洇透了衣服
我拨响了安魂曲

第十二拍

不去说成王败寇，我只问无定河边
有谁关注累累白骨
不敢多想了，不然难以入梦

白云苍狗。猎猎旌旗隐于无形
虚空里可有安放之处？
琴台上，我的手更加沉重

第十三拍

谁知我心？庙堂上依旧起舞弄影
高昂头颅的人忘记了过往
终将无法救赎

我只愿和亲人厮守
人世太短，尽管我无视恐吓
时间却不多了，我的节拍仍需提速

第十四拍

野火已经熄灭，草木逃出噩梦
天地渐渐归于沉寂
我感觉到温暖正在向我靠拢

我依稀看见了无限的春光
一身轻装，我就抵御了大雪纷纷
我的琴声要高亢，我要催动万物复苏

第十五拍

涉过荒原，我离亲人越来越近
悸动难以按捺。我始终相信
我的痴情能够感动天地

这是我内在的欣喜。岁月如烟
长空里的孤雁何在？回来吧
请和我一起弹奏欢乐的事

第十六拍

曾经的别离，杯未举心就醉了
我不会忘记一声声的呼唤
几度掀动了大风

对我抱有旧恨的人，我已不在意
过往也不过是一蓑烟雨
来呀来，听听我洗礼了一路的心曲

第十七拍

以往的挂念，使我无比疲惫
我的指尖已感到了麻木
心事将了，我真想好好歇息

日出日落，耕田而食
这是我最初的期冀，如此夫复何求
我倾诉的琴曲已该结尾

第十八拍

焚香沐浴，我走向锃亮的铜镜
我不再回望表里山河，抚琴伊始
我已写下了一语成谶的词语

终是回归，或许是命运再次开始
我最后拨动了一下琴弦，和着余音
消失在茫茫人海里

愚公移山，华夏文明擎举的鲜红钤印（组诗）

□ 栖衡（张凌云）

以镐锄的名义补天裂

上古的一块陨铁，反复锤打
瘦硬的修辞，淬火，冷却
直至突兀在汉字的高处

高山仰止。看不见的地方，挺拔精神的
葳蕤，一种石破天惊的方式恣意生长
被刺穿的云端之上
从此有了金属的味道

天穹低徊沉吟，大地发出阵阵战栗
错乱的地理法则，被一位老者
用蹒跚的脚步慢慢矫正，桀骜的江山
在脚下匍匐，汹涌如海的体腔
学会闪烁温柔的母性之光

需要多久的逆向远行，才能抵达
意念的中心，当霹雳雷霆中支撑天地的四角
摇摇欲倾，但见几个渺小的黑影
奋力举起手中的铁镐锄头

烟消云散。一株人定胜天的柱石，牢牢填补在
历史的缺漏之处，站成子孙万代
屹立不倒的信仰

关于山的命名

狰厉的古典，对山的命名有着不同定义
山不是山，只是一堵挡在前面的墙
推倒之后，眼里便没了阻碍
山还是山，铁镐底下的碎石沙土
从来都是一般模样

不过是换了一副担子，或者肩膀
日子久了，江河就自然举过了头顶
两翼生起巨大的鲲鹏
抟扶摇直上九万里长风，北冥
俯瞰下的渤海，竟不如一口幽井

扁担与箩筐的接力，用最原始的刀耕火种
一点点将坚硬的羁绊削成泥丸，再变成齑粉
山丘，消失在那些身上带刺的荆棘路上

心大了，胸中就藏得下真正的山
从太行到王屋，从济源到每一处有山的地方
更大的重量，在一声不吭的肋尖啸集
就着日月星辰，就着春夏秋冬
反复做着吐纳伸缩的轮回
慢慢融化凸起的块垒

真理的底舱

被称为愚公的人，手执钉耙
与看不见的对手做着永无休止的较劲

一耙下去，是坚硬的磐石，是旁观者的嘲笑
是耙齿遇到火花后的片刻迟疑

继续向前

又一耙下去，是石头间的裂痕，是黑暗中
透出的光，是隐秘之处反复角力
推搡的一道门

再一耙下去，是泥土，是开花的石头
长出种子，是种子挣脱幽冥之神的束缚
向着阳光淌出幸福的泪水

一耙又一耙，再这样耙下去
就要筑穿时间白花花的骨头，就要扯破
岁月从不示人的底裤，它老态龙钟的
惊慌模样，像散架的铜钟碎了一地

惟有所谓愚者，不会踏空世间的浮云
愚公故里的后人，以及更多的兄弟姐妹
以平行于大地的姿态，刨开
掩盖其上的各种背叛或怀疑
向最深处不断掘进，逐渐到达
真理的底舱

钤印，或者火把

比青铜更饕餮的形器，在历史的洪荒时代
摁下重重的指纹，一个民族
便有了醒目的胎记

石头孕育的神话，饱满，丰盈
赋予文字的玄剑撬开失忆的远古之闸
文明的源流汹涌而来

面向一座山的颠覆
是手足胼胝的长征，是薪火相传的长城
大地自此一马平川

如此鲜红，耀眼，灼热眼睛的
是一道高大的脊背，四个巨型的篆书
在熊熊燃烧，被黑夜遥望成灯塔

向母体反刍的路上。血液里的钙质
一浪高过一浪，将自己高高举起
深邃在远方的，是铁石相拥的沉吟
是祖先眨闪在天上的眼睛

身后走着人的长龙。走过一座山
还有更多的山，子孙们将不平和阻隔
依次拆除，连成一座更大的山
一片人字形状的辽阔高原

南方笔记

南方笔记（组诗）

□ 康承佳

H，没能告诉你的

车头向前，带着你身体
惯性的静止。乘客各怀心事
头顶异乡的风雪，生活
所能给你的，不过是
冬天本身的意义

你依旧迷恋简单的事物
固态的情绪，总是能在途中
找到它们，然后
于你体内实现相互溶解

远方在更远方，旋转、倾斜
以炊烟的姿态缓缓上升
父亲在沉默的加速度里猛地衰老
看着你，在他曾经
乘坐的列车班次里也将成为父亲

写给 H

我们总是习惯为秋天叹息
殊不知它同样也被白昼深爱
即使，它远离了那些发烫的名字

H，你应该顺着时节往前走，原谅

黄昏在花园里卸下的巨大阴影
当然，夜色的确过于庞大，庞大到
终究将它自身淹没，那时候
你便可以在启明星里寻找你的父亲

还有什么不够完整，什么
就会将你拯救。比命运
更清澈的，是你看它的眼神
绝望必然是一种静物
只要你，在秋天里仍然年轻

重逢

隐藏在身体里的旧事物
在十月，并没有顺应季节长出
新的骨骼，即使你我念旧
但说起往事，身边都早已是新人

雨剪梧桐，植物都各怀心事
秋天，在武汉尤其残忍
听风一寸寸陈述，你在南方
混沌的经历，河流向北
直至下一段情节

我不再说起白马的孤独
等雪花谢幕，腊梅反复地死
你便会从春天回来，带上
南国早开的桃花

异乡人

仅此一次，你我在雨里

相互怀念。身后的槐树老得
有些长不动了，流水依旧
绕过长情的事物，当然
也包括我们

言辞有些黏稠，驱赶着
雨水往回撤。我们不再谈论
群山起伏的阴影，说起故土
所有的情绪，都在雨里被放大

他乡遇雨，一种有画面感的湿度
异乡人都身负城市的隐秘
藏在骨骼深处，沉默如雪
直到，体内慢慢长出了故乡

蛮蛮

你来的时候，冬天
已经有些深了。雪抱着雪
为节气做好标记，日光
乘北上的火车出走
如果往南一点，你会看到
腊梅有着很好看的样子

你出生的时候，我已经
两岁半了，会十以内的加减法
语言上有些小天赋，能够
勉强听懂《小王子》的故事

那时候，河流醒着，把群山
连接成星座。你我隔着半个重庆
靠着冬天雾气弥漫的寂静

相互生活

草木记

秋天被叠合的深处，你必然
看到萤火或者晚霞的光
九月在山谷沦陷
草木开始赴死，盖住了
无数下沉的水汽和欲望

还来不及说喜欢，影子
便软了下来，趋于一种溶解
夜色以加速度的姿态入侵
丛林静寂，万物缓缓衰老
似乎一切看上去，都很有耐心

关于爱，你或许有些误解
就像寒露时节，草色向天空
交出的枯黄，隔着暮色
却托付了一生的虚构

离别辞

就像你理解其他人那样
没有什么，不能够被懂得
人和人隔着相似的细节
像流水过桥，向云朵交付
澄澈透明的忍耐

"别来无恙"真像
一句下酒的话，是你我对重逢
最温厚的信任。多年以后

愿你像今天一样，晴朗、明媚
爱着你所不能拥有的事物
同样，多年以后，我会来见你
并且我不怕，走很远的路

深秋已久

梧桐寂寞托晚秋。目之所及
你所能看到的，都在荒废
有愧于落日深情的抚摸
除年轮以外的其他事物
迅速走向老朽。河流清瘦
守住两岸群山的轮廓
一点点，实现对日色的突围

游鱼深藏于水，隐去了骨骼
那些被风声招安的落叶
在星光抖落的阴影里
和土地完成了身体的互换

等到月亮交出古东方的典故
群兽集体出走，潮水起落
将灌满脚下堤岸，冬天
便在不远处发生

有雨

云层已经等得太久
所有的厚重，在这一刻
需要以下降的姿态，完成
对情绪的释放。草色暗淡
像是一种失去，更像

是一种获得，其实
这些都不重要。它和雷声
共振的影子，将把所有的暴虐
都压制在地上

雨水来时，我会把万物供出
捂住它们多余的表达
湿气，是事物在雨天里
唯一的修辞。"桃李春风一杯酒
江湖夜雨十年灯"，正如你所见到的
有些突然降临的时刻，必然
会扣合最干净朴素的表达

分手

又一次，趋于溶解
你在河流的水速里再度
放弃了自己的倒影
本来就是情绪被用旧了
何必抱怨——雨水
不能落地生根

在武汉，你总说
秋天是不容被原谅的
梧桐抖落的暴力，足以
让你想起多年前某个下午
他们就这样
离得不远不近地走着
直到看着彼此都消失在人群

南方，德庆。德庆，南方

□ 旭阳（刘小保）

一

大山沿着陡峭的阳光攀爬
伸出触手，长的短的
皆是土地最喜爱的绿色
杂乱的触手中，人类的目光
注视出一条路，埋在大山的呼吸中
没有人的目光会迷失。尽管
浑浊的尘埃四方飘摇，啃噬着
凡人的躯体。心向光明
彩虹架桥，龙母引路
灵魂在大山前，踏上了
阳光铺起的大道

二

流淌的光阴，从一条河中可视
百万吨的货轮，直扑幸福
满载改革开放以来的硕果
河的影子，播放日月轮转
伸出两只手，托着德庆人民
埋头苦干。不朽的标本
以活的姿态存在于凡尘

飞鸟翅膀上抖落的星星

三

秋天了
我想扯下缠绕在龙母庙
小径上的白云
为我心爱的姑娘
做一床棉被

四

龙母庙。盘龙峡。孔庙
日月精华的汇聚，以一把锋利
镰刀的 U 形，切割，俘虏
世人虔诚的岁月

五

南方，德庆。德庆，南方
上帝选中的福祉
他在这儿从不吝啬感情
四季都派使者视察
蓝天白云
是从不缺席的使者

江南

□ 董知远（董筠）

一

曾在唐诗中
读你
曾在春雪中
想你

温柔美丽的你
在长江之南
而我却身在塞北

我们为何会有
千山万水的阻隔
是谁让你我
这样南辕北辙

只好在那
心仪的诗句中
追寻你的芳泽

二

而今天
终于见到你
我沧桑的心
停泊在你的怀中

在西湖的碧波里
在柳边的细雨中

那些诗句
带着芬芳
带着少年的梦想

描绘着
初开的梅花
含烟的眸子
飘飞的长发
爱
已在心中长大

抱细雨绵绵
一路寻着
佚失的诗篇

我情愿
就这样爱着你
——我的江南

南方岁月

□ 时予（陈婉纯）

南方的水
浸透南方的岁月
三月初长的细雨，传闻中北方雪的灵气
采一枝新开的花，赠你一抹春色
生于南国，未曾远离，莫道不懂红豆相思
远行的异乡客，曾给我寄来书信
信里怀念着
被南方的细雨，飘湿的月亮
字里行间絮叨着
被扁舟摇晃，搅碎了南方的岁月
我是局中人，不免局中障目
却在暖阳春日，在雨中，在侬侬软语里
偏爱着南方这片土地
陪远方的异乡客，同怀念南方岁月

锋 芒

□ 江南雨（姜华）

三月，西江上陡峭的风正在提速
掠过德庆大地，怀抱花香的人
皆可顺利抵达。西江中游的一块
龙脉，被抬高了风水，和欲望
2257 平方公里山水、田园和道路
已进入大湾区蓝图，正在被
有序摆放、占尽先机

好似一桌豪门盛宴。主菜和拼盘
都那样讲究、精致，尽善尽美
先将民生在正中放稳，再把科技
产业、物流、商贸和文化
依次呈上。最后把一道用梦想
与幸福调制的高汤，端上来

己亥春日，细雨如丝绸洒遍西江
北岸，一块兴于秦时的土地
流光溢彩。在德庆大地上行走
一位诗人隐藏起文字锋芒
不由得从内心掏出赞美，这真是
一场好雨，好雨

南方书（组诗）

□ 祝枕漱（祝江波）

一

口音隐藏着地理。夏天被炊烟送别。拦河坝起雾了，杀戮同时。
六月拿着状纸，官员还在晨雾里如厕。
唢呐都是空洞的，每个下午拟就的姓名，正好给
迎面扑来的影子
安上。上官文书已到衙口，即使它沉默。你说他们。去哪儿了？

二

鸒鹡跃上枝头，飞檐的阴影斜又长，贪婪掩藏不住，不会毁坏的是
春风和孤独，
二者皆不能移动。灯花爆开，一缕青烟预示，
有客自远方来。

三

他徒步穿行，像流水眷顾村镇、城寨，在移动的坐标上
安享风尘和变故。变形的时间
漂来木船。
这一切正变得寒冷。十月的棉絮浸满露水。取暖的地方只剩腋下。

四

他一度被鄙视，草率地生长。北方有佳人，
江水折返，稻米盖过荒野，在官方的舆图上才有了适当的位置。

五

此地。野白荒阔，云横莽浮。
那些迷途的灵魂临时下车。停靠点寄居着一群野雀，
寺院里听禅，芭蕉静静地
等雨。狐狸四处游荡，梦里有万千化身。
她们的叙事无端浪漫。小屋里的那名高中生，头悬梁，锥刺股，
他要涂改公式，字符张着嘴，仿佛嗷嗷待哺。

六

鸡鸣唱响天台，
你心神如寄。回忆起出发前曾饱餐一顿。如今，你嗅够了
花笺之香，悄悄地遗忘了
姐妹，自己的形象。赤裸的兄弟啊！只有继续走路，让病痛在体内
继续随遇而安。继续在体内画微亮的窗格。

七

我端坐于窗台。猫头鹰在树上打盹。帝国有时空虚，纹路越来越
繁复。十室九空，每扇门皆虚掩。室内豢养的猫
从裤裆下
蹿出。他的屋顶与
天空一般齐。晨雾逐渐稀薄时，冤屈声无从聚集。

八

而孤独又聚，也可再生。口诀念了百遍，老人才开门。枇杷和毛栗
成熟了，拖拉机满载而归，驶过门前的斜坡。
每年它都可以新鲜。
江水清且涟兮，孕妇们日日瞌睡。

九

草绳记事，时间自有办法：
茶叶让位咖啡，竖排让位横排，词语成倍增长，诗越写越长，
地铁车厢的乘客，换了几茬。谎言蘸着唾液吞食。

十

有时。这点口水也不能浪费，最后栖止于诗篓。
想起李长吉的蹇驴，苏子瞻一路向南。红绿灯交替点亮的十字路口，
唐诗和宋词，从未发生剐蹭。
披一身杏花雨的人，转出小巷，却在衣襟上
与早餐店里的豆浆撞了满怀。
这是十年前不再生长的岁月。我以为，小杜先生客死在扬州慢里。

十一

溪中逃逸的小鱼，不知江湖险恶。
那年洄游，
患上失误症。它已学会预测晨昏，却迷惑于女人的裙子，时短时长
为哪般？眼波流转，时明时暗，又是为哪般？
爱情不再羞涩，
我酷爱的忧伤迟迟不来。
空气清新剂从清晨开始，操持家务。持续了两个时辰，镜面的意象
却破了三次。乌鸦返乡，绕树三匝。

十二

泛舟人沉湎于酒糟，在宣纸上漫步。
那是一片婀娜的流水，在他崎岖的肋骨上妖娆。他夜夜扣舷而歌，
要让自己词穷。
要让自己洞房花烛。要让自己他乡遇故知。要让自己的记忆

生花，或从木桨溯游而上，或焚琴煮鹤，
或抛下饶舌的书童，
半夜翻过女墙。西厢房里的欲望
从霓虹灯中曼延，无人想起往事。春风吹到环岛，一个懒散的周末
他爱上了自己的节日。

十三

一个肥皂的节日，在打桩机的敲击声中萎缩，忧伤不应伴雾而生，
我徒手画了路线图。我要顺应
春风十里。学会拨弄挂钟上的指针，语言时而膨胀，
我依然如临黑暗的深渊。

十四

"你们在夏季的圩堤冲出缺口"，我还独守一条小径，
老人从公厕里走出来，
背着双手。
我听到一声声咳嗽，如果春风
也是笨拙的。我希望这是一种反讽。那时，我正坐在窗台上昼寝。

叙事的经卷（组诗）

□ 陆承

母性书

拜或不拜，她都在那儿——我写下
龙母庙，写下时间里的一阵风，
从秦皇肇始，
在此刻，衍生为一本书。母性书，
或叙事学的践行笔记。

一场祭祀，徐缓呈现，坚韧的信念之光，
照耀她自己，
在龙母庙，我必须保持虔诚的姿态
去书写一尊神像的慈悲和温暖，
并温暖拜谒者的灵魂。

一阕阕雕琢串联其中，以起承转合的修辞，
衔接安魂曲的音符或辽阔，
石头的语言，也可能是木头的表达，
砖瓦的垒砌，将顺遂一枚陶罐的曲线。

巨大的碑刻，儒雅的建筑，隐匿的龙
或山水，一起琴瑟：这是伟大的华章序曲，
在德庆的版图上引吭或沉静，
这是炙热的信仰转化，
在龙母庙，或与之相关的册页上述及
一生的守望。以爱之名，舒缓悲悯，
以美之望，建构希冀，

晨昏交错时，我看见天穹处拓印了温润和风华。

内省笔记

在一座微缩而又扩张的殿堂，
我卸下内心的战栗或虚妄，
读《论语》，读一切典籍的源头，灯盏照着，
我和另一个我，遁入德庆学官的恢弘和宁雅。

请遵从独特的缔造体系，
岭南学宗的冠冕，支撑一座殿堂的外延和内涵，
我试着以蹩脚的叙事
接近一座殿堂的内核，四根柱子以蜻蜓点水的手法
晕染莲花和古雅，不可言说的神迹，以可以洞察的浩瀚
舒展一本无字之书的封面。我大声诵读
其中的篇章，生活的句读，艺术的标点，
通途了一座殿堂的格局和气象。

请尾随大成殿、崇圣殿的脉络，
请书写尊经阁、乡贤祠的典藏，
经书之上，看不见的神和看得见的孔子，转述
尘世的芳华。经书之侧，
十二时辰的修行，轮转了德庆学官的线性结构。

在一座接近永恒的殿堂里，
我试着以古雅的述及，
写下内省笔记，
写下内心辽阔的镌刻和汹涌的波涛。

观看繁露

对一座塔的观看之道，

蕴及一座塔的敕造原理或倒映追溯。

一座塔，以《道德经》的譬喻，指认人生的巅峰，
学而优则仕的典范，
耸入云端，
和仙鹤私语，与仙子攀谈，和缜密的刀笔吏
言及德庆的风雅和力量。

一座塔，以金刚不坏之身，经受风暴，
在时间的浣洗中
簇拥佛光和淡雅。历史仿佛都在这座塔里保存，
美好或丑陋，艰难或坦途，
都消融于坚毅的塔身里。我好像迷失于一座塔庞杂的体系，
在清丽的雅颂中复归青春和斑斓。
对一座塔的叙述途径，
指涉一座塔的缀光和热爱。

东坡的词牌，比照阴阳之说，
李钢的愤慨，萦绕八角的坚毅，
我互文一座塔的碑刻，
在静默的月色下，
观望星月和一座怡丽的塔。

三元塔上的一滴月光

□ 言西（谭光红）

万历年间，我还不认识沈有严
他是胖是瘦，是高是矮
进入三元塔，他的世界突然就明朗起来

四百年历史，都如春天
红火的桃花下，人在高处
望殿试、会试、乡试，哪一样更像自己
在这如此吉祥的地方

色艳如新，目光所到之处，光阴变暖
萤火虫点亮金身，回望里风尘流水
看似隐于民间，却必是进入庙堂

三元塔，一直在生长
身体里每一根筋骨，都团结一致
带着属于自己的青砖和红砂岩
看似平凡一生，却是英雄跌宕

三元塔上的一滴月光，必是四百年的回味

长城或赞美（组诗）

□ 风中一叶（王省印）

长城吟

在老龙头，要侧着身
进入戚继光战马的一声嘶鸣
嘶鸣声探入大海，搅起巨浪
涛声风吹雷动，压不住嘶鸣
坚韧的冲天之势
在箭扣长城，要缩起身
从它沧桑的身体缝隙里挤出，奋力成一株野草
即便是小小的摇曳，也要从时光里
引出它曾经的威严
在兔儿墩，要让身体透明
融化成讨赖河的一滴雪水。即便在风沙满天
营养不良的日子，也要喂养出它的壮硕

我把我放倒
和不肯风化的青砖一起，拔高长城
父亲把父亲放倒
在夯实的墙里，和所有的草木一起纠缠
爷爷把爷爷放倒
燃烧在烽火台，升起狼烟
戚家军把戚家军放倒
迎着风沙胡笳叠起嘉峪关
岳家军把岳家军放倒
动用山水之力负起山海关
我们一起把自己放倒

在蜿蜒狂放的巨龙身上金鳞向日

我看见霍去病拉起阳关，扛起玉门
把狼居胥握在掌中，将贝加尔湖装入水囊
我看见岳飞从脊背，取下"精忠报国"
粘贴在山海关。跃马挺枪
挑起黄龙府，掷入大海
我看见始皇帝
双臂高举，站上澄海楼
把六国抱在怀里，把大海抱在怀里
奋力前伸，把满天的星芒都揽入了

汉唐风范

如果，一场风的名字叫汉
作为一棵弯而不折的小草，即便弱不禁风
我也愿意，这场风永不停止

请让我做个大唐子民
仗剑走过，它明月映照过的江山

战士

带吴钩披秦月，穿过直道上的萧萧马嘶
我是大汉铁骑上的健儿
抓住鸣镝啸声，抵住贝加尔湖的下颌
长剑凌厉，挑起祁连山冷峻的雪花
绣在楼兰古道的丝绸上
我着大唐鲜明的铠甲，挽朔风
执陌刀，劈开敕勒川粗犷的苍穹
长戟在手，逐一细数阴山下的胡唉

我曾在长江激流中，被击楫声溅湿了戎装
也曾在黄河岸边，截击了金人不可挡的马蹄声
也曾在南京城里，以大刀击飞过一颗邪恶的子弹

抓着碎裂的落日颜色，扔进酒泉
我跟在霍去病后面，就着骄傲一饮而尽
零丁洋里，我是一浮萍
载着文天祥的慷慨激昂，一直向南向南
山河破碎，心不破碎正气不破碎
作为一个简单的文字，从鲁迅先生笔下冲出时
我是一颗精准子弹的复杂形象
不光是射向凶险的敌人，也射向自己灵魂的脆弱处

我是一个无畏的战士
是跟在董存瑞黄继光后面的战友
有一只虎的威严，一千只豹的敏捷，十万只狼的血性
现在，我站在黄色夯实的土地上
抱紧五千年柔韧的风声，等一句豪迈野性的军令
"进攻！"

霍去病

"失我祁连山，使我六畜不蕃息；失我焉支山，使我妇女无颜色"
我常常握住这首歌
摸着它的遥远，吻着它的苍凉
有时会进去，走走它的水肥草美
听听后来的牛羊零落
抓一声叹息的曲调，放在向更远方迁徙的牧场
其实我是等，一个年少将军的一沓马蹄
踏下牧场上白云，落下铿锵的风
在凌乱的黄沙上，把落日踏出更为凌乱的血花

岳飞

风呼一下就碾过来了，不是母亲怀抱里大雪中的北风
是比北风更猛的，金人的蹄风
我如此心惊
怕这风冲过了长江，冲进了建康，冲上了大海
调个头，"哗"一下就踏中我的肌肤
可是，我看到了
一堵叫"精忠报国"的坚堤，在八千里云月间风驰电掣
他把风撕裂在风中，把风的血倒进身体里
让鲜血更加鲜血
他让我们站得那么直
"天日昭昭"啊，我们就让他永远矗立
那跪下的卑鄙，是决不允许站起来的

辛弃疾

不想做一只鹧鸪
怕不小心，替他预卜了一生的前程
不想做一声号角
怕被禁锢，只能吹响在他梦里
不想做一把吴钩
怕他看见，又把栏杆拍痛了
不想做一段深夜
怕从他身体蹦出的"杀贼"，被继续按在最黑里
不想做一个凉秋
怕把一腔热血，就闷在一场奔波的泥泞里
一支笔递出去，能不能穿破北风？
一张纸放下来，能不能截断江水？
一把文字撒在江山上，能不能都成带甲的武士？
一根肋骨铸成一把剑，能不能和公孙大娘一样，是一种自由的舞
蹈？

长城

闪着冷芒，巨大的青砖
带着大秦明月碎裂的霜寒，从不同时空奔袭而来
翻卷着强劲沉稳的浪花
在黄河长江的巨翼下飞溅下来
汝窑和哥窑，烧出好玩的青花瓷
烧不出他们厚重的方正
长江和黄河，抛掉了无数青峰
他们，一直屹立在大河前头
他们是中华熔炉里，千锤百炼而来
他们叫祖逖，范仲淹，文天祥，张自忠，杨靖宇
无数的他们，叠加在纵横五千公里的朴素土地上
拱起这顶穹隆的苍茫婉约

赞美

格桑花
漫过草丛，冲上帐篷
甚至能涌上弯腰的月
它的香，比马蹄声还要猛还要疾
野马无辔头，却奔不出格桑花的香
天空总不言语，只低头欣赏
三五点牛羊群，随意把自己丢在大地

阳光透过门前槐树
在女人脸上洒出碎花
女人斜敞着怀，喂着快睡了的婴儿
男人和本门二叔，在为说岳传的某段情节争执
拨浪鼓声从村口小路，转转折折而来
在女人胸口韵出回声
风悄悄来，把小村吹得干干净净

忠诚的大黄，卧在槐树根睡着了

朝阳被某个大力士，在天尽头做着托举
落日擅长面对，并肩而行的伴侣
沙漠在动着，旅人在暖色里眩晕
麦田浩浩荡荡，总有俯低的影子与之相符

我一直忠诚地赞美它们
赞美供它们生长的土地
并将永远赞美下去
但现在，我要启动另一种赞美

赞美一匹狼，在月夜里的嚎叫
它野性的血液，在广袤的皎洁上
澎湃地涌动
赞美一只虎，在山岗上的纵力一跃
高举的爪，似要把日月星辰
从天幕上扯下
赞美一张弓，在稼轩的词里
霹雳一声
就让这大地，余震不息

走进盘龙峡（组诗）

□ 谢克强

瀑布

谁导演了这一幕
谁导演了这壮观的一幕

是银河飞落九天么
漩湍的激流　飞珠溅玉
奔腾的啸声　咆哮如雷
抖闪的水光　摇天撼地

如果不放逐生活的平庸
纵然你激情满怀　义无反顾
且果敢地奋身一跃
恐怕也难有这摄人魂魄的
声威啊

水车

站在溪水的落差处
那些沿着车叶爬动的水
兀自忙碌着　推动叶轮
推磨　舂米　浇地

可在我的眼里
那沿着车叶爬动的水
正以低缓且深沉的旋律

吟唱一曲古老的歌谣
唱在岁月深处

不只是盘龙峡的一处风景
更让人领略农耕文明的风情

漂流

一声声夸张的呐喊
伴着激流勇进奔涌的节奏
我和同伴坐在橡皮舟里
开始新奇惬意的漂流

一会儿弹跳着跃上浪巅
一会儿猝然跌进波谷
不是尽享与浪共舞的狂野
也体验魂飞体外的刺激

也许信念与力量　才是
橡皮舟破浪前行的橹

高空悬索

一边是悬崖　嶙峋陡峭
一边是绝壁　清奇如削
许是为体验这盘龙峡奇观
我以一种好奇的姿势
举目仰望天空

蓦地　一缕阳光
透过绝壁悬崖之间的缝隙
照在一根横空的悬索上

只见一位身怀绝技的高手
在阳光里舞蹈

这时　起风了
悠长的悬索在风中晃来荡去
真为那位高手捏了一把汗
不想　我听见我的心跳
比远来的风还急

桃花湖落日

泛着血光　欲落未落
谁给天宇洞开一个创口

一湖春水　波澜不惊
宁静如一页摊开的稿纸
待我挥笔抒写

缓缓下沉　一滴凝重的血
落在我写意的诗上

夜宿桃花寨

骤然醒来　一听
喜鹊站在窗外的枝头上
高一声低一声地叫着
惊醒我的桃花梦

只有枕边昨夜读的《桃花源记》
还沉醉在我的梦里

盘龙峡留影

走进盘龙峡　就像走进
一幅绚丽多姿的山水画里
我就是画中人

来　请打开手机的镜头
用不着精心选择这奇山异水
就让山水绚丽的光与影
作为我的背景

留影盘龙峡　留的是纪念
珍藏的却是记忆

南　望

□ 南望（盛明桐）

冬水消融
太阳缓缓升起
安静的教室里我在等你

夏日炎炎
清风拂过草地
悠长的跑道上我在等你

秋叶纷飞
晚霞渐渐消去
隐蔽的羊肠小道旁我在等你

冬雪皑皑
候鸟纷纷迁徙
暗秀芬芳的彼岸花边我在等你

以血为祭
永远为期
终有一日我们会在一起

你自南方踏西去
我在北方等你
南望是你
难忘的也是你

南方的秋

□ 楠曦（王振昌）

晚秋的风吹不起麦浪
却成了风筝的翅膀
小路悠悠长长

傍晚为细线打上黄晕的光
它的影子蹦蹦跳跳像个孩子一样
穿梭在整个村庄

纯净的眼眸映着幸福的模样
痴痴地望着小河悄悄流淌
看哪，小鱼儿不也是水草放的风筝，牵的指望

晚月的灵辉洒在水面上
点缀几处涟漪，粼粼波光
身后的石拱桥，人影憧憧
岸边帘缝里跳出一丝一丝灯光
闪烁着，淳朴的希望

纵横的画舫，悠扬的笛韵，伴着微风吹漾
绕着小船流淌
叫醒了黑夜，眨一眨眼就是酣睡的故乡

白月光洒向我的脸庞
梦中的岛屿映现在我的眼眶

小船儿颠簸着摇晃

摇睡了月亮
摇睡了远远的乡
缓缓驶向你的身旁

船尾，汩汩船桨响，在我身旁安然无恙
船头，星星灯火亮，我愿与你同行远方

孤山寺

□ 符纯荣

江水向东。寒气袭人的时光
用一千八百年
守住未被孤立的部分暖意

阶梯缓步向上。阳光的斑点
支配了白云滑动。与静默梵钟相比
一场未散的春雪
更适合拥有粗放身世

孤山独立。木鱼声声
墙外花事初露，鸟鸣像闪过枝头的幽微之光

僧入定。佛的慈悲
正好归入
江南平原无羁的辽阔里

银　杏

□ 黄劲松

群体的存在，到今天
得到默认
银杏在攻击的下午
正是我们安坐在寂静中

偏黄的叶，如古代的遗存
如淑女不小心走到了暮年
她看到的暗流，甚于明澈的春天
她听到的对话之声，沐浴着天真的神情

相对于她的执着，我们会
走得更远，一直到达时光的背后
她的每一声叹息，台阶般地透明
从地理到单纯

数着落叶的人，你要渐渐地
抵达大地的腹部
成为声部与烙印

街 头

□ 江南雨（姜华）

西江像一位痴情女子，褐色的
土地目光湿润。阳光和雨水都很
充足。乌黑的马路旁，广玉兰
开得热烈而奔放，就像这个
城市的气质、方言和温度
让人费解，惊讶，血流加速

我看到怀揣梦想的人，在这块
土地上翻找金子。旺铺里
有多国货币、语言在喧哗
还有一些行色匆匆的人，高举
梦想，快速走过龙母大道
转身寻找下一个幸福出口

在德庆，我愿意变一尾鱼，把龙母
文化和春天的故事串成风筝
放飞属于我的那一片水域。我不
认命，主张与爱和远方相向
而行。同苦难，背道而驰

日　落

□ 火棠（刘斌）

日落时，我想变成一道影子，从负重前行的自己之中猛然掉出来
褪去颜色，和你靠近交谈，便无暇顾及嘴里含着的刀片
交换过往，用以拥有这共同的现在。我们说吧，每一滴雨水
都是一个尚未打开的圆；傍晚的狂风，只在你我间的山峦中不断地
往返
从河底我能捞出你的面影，而你是我愿望的灯芯
你点亮我，你认出我，你在我熄灭之前将我从火焰中拉出来

你是光呀，为了做你的镜子，我打磨自己已久
清扫从陈年旧事中蹦出的谷粒，赶走飞下屋檐的鸟群，日日在河边
洗涤自己的心胸，放进去云朵，风声和不会流泪的草木
让露水代替我一次次去探望你的早晨
你看呀，宇宙对准地球上的这个小镇，悄悄旋出了镜头
摄下你我，放在它浩瀚的记忆中做一颗星辰
我们望着窗外，那些已经发生的正在时间光滑的躯体上刻出文字

人类的信念，我憎恨它，毁于光明中的一丝阴影
但我更感激它，生于阴影中的一丝光明

何首乌

□ 康湘民

在柳枝上赶路的人，喜欢用春天的几滴鸟鸣
刷新长了皱纹的心事
他不张扬，只在宁静或喧哗中
收集疼痛和期待
药方奇妙，药香氤氲
生活，饱满而有序

必须高于孤苦的尘世
用一双手散去胸中块垒，化解漫漫长夜浊湿
必须有广袤的爱意，为绝望超度，为星星点灯
种药人一路引领春天，唤醒河流，为百姓
种下菩提

我有一枚何首乌，根在德庆
枝叶沿光阴蔓延，种子
早就播撒天涯了
无需修剪、料理，晴天雨天都是成熟期
所有的传说都指向一个方向
每个比喻都能化为充沛的元气
养血，益肝，黑发，解毒
一枚何首乌用大胸怀兼济了天下苍生

我有一枚何首乌，在清风和明月里占山为王
汲天地精华，吐虫声鸟语

用干净的露珠结晶玲珑剔透的春光
借岭南绝佳风水，书一部天然纯粹史书

我有一枚何首乌，河山奔走八万里
眼里从不曾有暮色

老 街

□ 贺巧

低矮的屋瓦灰白的墙
野猫在房顶弄得瓦片窸窣作响
黄桷树遮天蔽日占去了半边街道
悠悠的香气属于老街人的慵懒

春的绿映照着青石板的凛冽
夏季的蒲扇在人们手里招摇
秋天的背篓和箩筐装满了收获
冬季的火炉旁烘着棉衣棉鞋和红薯

石磨咕噜噜磨着豆浆的滑嫩玉米的糯
你家的一口大锅我家的一把柴火
屋檐下一张小板凳叙着家常
东家长西家短温暖着老街的人情

夕阳西下是老街炊烟升起的时间
嘈嘈杂杂是小孩子放学回家的时间
卷着裤管抬着犁铧牵着缰绳
伴着老牛的叫声是老叔收工的时间

老街人共同经历着老街的时间
老街人共同经历着老街的四季
婚丧嫁娶生老病死似乎一切都不曾改变
这就是老街的风格老街人的性格！

在水一方的十四行

□ 一冰（陆一彬）

一

我曾经就坐在小河边憧憬爱情
有串桃子落在我的脚下，迸着幽静的芬芳
曾经希望有个捧着小说的女子，飘然站在眼前
把我从此岸带到水的彼岸
渔樵乡野，每天傍晚搭建一间草屋
我整日整夜地坐在那条小河旁
陪伴我的几尾小鱼和若隐若现的星星
它们羞涩得若即若离
我始终觉得我的爱人就在水的那边
她总会挣脱父母温暖而世俗的目光
带给我二十年来从未见过的果实
那个时候我相信蝴蝶的翅膀和菩提树下的许愿
我吹着口琴把蝴蝶吹得翩翩又遥遥
她必然在某处静待我的信使，必然

二

一直在等待山花烂漫的一刻
在晨钟和暮鼓之间的敲响点
没有人事先告诉下午会降临的事情
从紫砂壶里喝茶、润湿一下毛笔
我从一堵墙面看到你向我飘来
你依在旁边舒开彩色的宣笺
你纤纤的手指磨匀着一得阁的墨香

飞鸟翅膀上抖落的星星

然后静坐、凝眉，偶尔微微地笑
那个夏晚我还做了一个久违的梦
我深信那是对弱冠年代的回想——
我的爱人和一群女子在雨中漫步
她的足迹穿过校园和街道到达纯朴的村庄
我少年的那支歌队——由鸽子、青蛙构成的
一遍一遍交响得张扬激昂

三

在寻觅爱情的旅途中
光阴划行了整整二十年
而我甜蜜地、不曾黯然地度过
好像我独自前往彼岸你筑的草屋
劳顿和寂寞已化为袅袅的云烟
我知道你会一成不变地守候我
为我收拾案桌、酒水，准备烟叶
甚至换装成素洁的裙子，擦拭琴键
亲爱的，再过一个时辰我就飞来了
蜷在长椅上，安静像茶一样
缓缓徜徉，不经意地呼吸蓝天与阳光
这个场景让我重温曾被遗忘的时光
当我想到我会遇到一位女子，迎面徐来
我会微笑，觉得天大人美为何心醉

四

你牵着我的手踏行在水面
波光粼粼，一叶轻舟
这是个波澜壮阔又暗潮涌动的岁月
可没人读懂我们心灵的纯粹，不懂也罢
在你凝视我的分分秒秒

我浑身奔放着欢愉、自由和玫瑰的香味
水面无人打扰，徒留我们两个
在每个我们俯视水花激荡的瞬间
或许那一刻我们将眠入水底——
那些鱼虾落寞地从耳边擦肩而过
我只感觉到你紧紧地抱着我的双臂
刻不容缓地等待我们相拥而笑
水在江之南北，川流不息
它们也许知道将要做什么。除了我们

五

你在一群戴着面具的人中冲我招手
像是一株芙蓉绽放在水面上
我听到那种花开掷地有声的回响
它们呼唤我别来已久的爱情，让我欣慰
有什么比与你的相逢更灿烂的时刻？
猜疑、困惑、思念等万千情绪
融化成一线长天的落霞
我们在人群惊诧的目光中拥抱
不曾停止，直至汽笛到岸的长鸣
遥古的在水一方也是这番情景吗？
那些快乐的时光纠集着，驱之不散
这条江河要冷静下来，孕育，再哺育
许多年以后，假如你会独自走过
我仍会在水一方，将你深情地等候

回 旋

□ 木深（杨智慧）

淅沥的雨声打破黎明的界限
簌簌的绿衣相伴晨起的喜悦
瓦片间串起盈盈相对的珠帘
散落的精灵随风飘散，忆起翩翩的和弦

厚密的云衣遮住蔚蓝的天界
寂静的长径被黄衣轻盖
枝头的那片叶似在犹豫要盘旋
只是无奈那一瞬间是否会沉淀

凤凰的花期已随再见释然
青苔的小路被黎明划开
倔强的青叶想体验随风的喜悦
终是希望，哪怕只是泥泞路面

想多画几个圈想少留些遗憾
即使空中未曾出现华丽的弧线
至少记忆中多些舞蹈的画面
来年枝头选择不同的和弦谱写

中秋江边行

□ 芙蓉公子（张满林）

今夜不曾见月
江城笼罩于雨的帷幕
团圆何须酌酤
霓虹模糊了夜的脸庞
捏起觚盏，杯杯思念闯进心房

脑中还有一套传统仪式
点香，叩拜，祈福
案盘必有几类献果祭馔
月饼，葡萄，苹果
我没停下脚步
因为，我怕阵阵凉意袭至指尖

江南桂魄应更皎洁
洒落风铃草叶一鉴清辉
关外飞镜还似朦胧
滴落芙蓉花瓣一抟凝魂

干枯的手指抚摸过每一个文字
蹒跚的脚步丈量过每一寸土地
江水寂寂
摇落的叶子飘到头上

终于，当雨珠斜掠到脸颊
我焚香遥望，依乡而拜

飞鸟翅膀上抖落的星星

汉水之诗（组诗）

□ 张泽雄

汉水之诗

这清澈、安静是它的
这暴戾、恣意也是它的

流淌是它的，停滞也是它的

一个怀揣波涛与悬崖的人
平原才是他内心的终点

秦岭的风，吹硬了它的骨骼
巴山的雨，积攒了它内心足够的柔软
与火焰

汉水血脉上茂盛的根系：
玉带、漾、湑水、褒水、丹江……
一块龟甲或兽骨默许的卜辞
打开刻痕——

华夏是我们共有的一颗心脏
汉水是它最老的一个水利枢纽

古郧阳人记

没人怀疑。生命的低处
双手拥有天空的高度

手斧、砍砸器，就是一个石块
手掌那么大，满山坡都是

一侧厚实如锤，一侧仿佛带刃
已经看不出使用的痕迹——
远遁的时光
干净得没有丁点灰尘

水洗过的天空，风、云朵
和雾就是它的杂质
石疤里的血和汗渍，石面上的掌纹
和体温，刃口上的破绽……

它们不是漏洞
是我们拾到的证据。
在博物馆，锋芒隔着玻璃
可我得让出我的诗句

用旧石器时代的指纹来确认
旁边摆放的头骨，还有
一颗牙齿
都是先人的遗物

一块瓦片

辽瓦，是一块什么样的瓦片
它盖在郧阳的屋脊上，听檐雨叮咚

看汉水汤汤，从门前流淌
辽瓦，已从时间的屋檐滑落、坍塌

它是流落世间的灰坑、竖井

它是楚人汲水的瓦罐、祭祀的礼器

稻和黍子的齿轮，咬合了我们的一日三餐
釜与陶鼎下的火焰，煮沸了汉水的日月精华

一块瓦片，将雨水隔开，将烈日阻挡
让隆冬和霜雪天，有棉麻的温暖

打开一本书，大段的空白，没有页码
而村落、窑址以及隔世的风，就印在封底

石家河古城

尘世，总有土陶搁置
总有流年。它们炊饮、藏骸、埋骨

平原一隅，密集的灰坑、竖穴、屋基
城垣的边界，淤积在田畴里

肋骨折断。一穗稻黍打捞的日子
一座城池的光，被时间推断、聚合

印信台上，罹难的影子
正在火焰上炙烤。我们被什么放下

岸、泥沼和浅水。时间未能测出
它的深度与我们的联系

女娲

救星。人类初始主宰
一切止于传说：说她抟泥造人

说她赋予生命之天机。天将坍塌
倾。斩下神鳖四足，做成四根柱子

把天空打开。有阴、有阳
然。天有一角塌陷，一个黑窟窿

她炼五彩石

补天。在竹山，女娲亲手炼好的
五彩石，仍静默于沟涧、山坡、岩壁

它被太阳的光线折叠，被星星
月光抚摸。被人间长久流传

炎帝

渔猎，终究不是长久之计
太多的日子，断炊、无食、饥饿

找到五谷：稻、黍、稷、麦、菽
然后驯化、种植；定农时，制耒耜

发展农耕。织麻为布，衣蔽体
还烧陶、制琴、结丝为弦，让百草

入药、祛病；还立市易物
华夏的生存繁衍，落笔成基、成石

解开人类文明的密码，炎帝神农
为我们接通了最初的时辰

屈原

如果天上少颗星星
没人会觉得夜晚，过于暗淡

如果没有《离骚》
我们找不到诗人，和热爱

如果没有渔父的慨叹
我们找不到打开沧浪的钥匙

如果不是昏王奸佞当道
你不会去国、沉江

如果不是你以命相抵，我们现在
仍找不到自己的祖国……

丹江口

如果没有 390km 的跟踪、尾随
难以澄清你的真容

如果没有 176.6m 的封堵、拦截
这个口子不会如此巨大

大坝是耸立在口子上的一座丰碑
一个荒凉之处的前世今生，变得无以复加

坝里的水是汉字散佚的偏旁、笔画、读音
落笔就是一篇 3000 里的长卷……

（注：丹江干流长 390km，大坝加高至 176.6m，一江清水抵京津 1432km。）

发电站

潜入。同样安静的夜晚，神
端坐在星星月亮上。他们的脸庞
没人看清

大坝归隐处，偌大的一对对涡轮、转子
带动了水库
整个夜晚的黑暗

水，通过落差
交换了我手里的阴影

南水北调记

130 亿立方，一年的径流
一颗水珠的直径。被 1432km 长路丈量

向北自流。大坝升高，垂直 176.6m
一陡绝壁隔断。一泓清水，将远方送抵

没顶。老城的墙垣、街、瓦砾
水边的村舍、炊烟，田埂上的足印

一并沉入水底或移走。都空了
岸与山峁，与我们的呼吸。留下一只

纸帆船，给汉水。打开渠首
渠和渡槽，写在明面。穿黄是一个伏笔

艰深而晦涩。在黄河底凿洞
刀盘割掉时空的淤积，将我们多出、贯穿

还有无数的节点和语病，从南向北
一路修改、抚平；更多水中之物

被落差和距离省略。漂泊异乡的词
何时，回返纸页之上

龙王庙

古人还在打理自己的朝代
龙王，在龙王庙里
等了又等。还是那个灯盏
点亮的时刻。只是
香火变得稀少
不管发不发水，跪下去
合掌、叩首、默念
来上香的人，只想祈求
一个平安、顺遂
仅此而已。空旷的庙宇
龙王打盹的影子
刻在神龛的塑像里，一再
祈求人间风调雨顺
放眼望去，从前的田畴
仍长满五谷

在汉水归宗处眺望

被水打湿。汉水没有读完的经卷
在长江再次打开；一个汉字

没法把它的偏旁去掉
三千里梦寐，被水泡软，被水唤醒

临了还直不起身子。
交汇处，汉水多像拖着一把关公的大刀

在长江的波涛里，泛着白光
像一场充满戒心的重逢

通过晴川彩虹门，汉水
刚刚结束的句号，被长江一阵漩涡

打翻、卷走……鸥翅
在云层与江面的缝隙，翔、拍击、低垂

一道白光从天空逃逸
远处，不断增加的空白，被汽笛声淹没

我看见幽暗的汉水，被白茫茫的长江
再度注释——